"一带一路"沿线国家经典诗歌文库

（第一辑）

主编　赵振江

副主编　蒋朗朗　宁琦　张陵

吉尔吉斯斯坦诗选

上册

阿地里·居玛吐尔地　编译

作家出版社

译者阿地里·居玛吐尔地

阿地里·居玛吐尔地

柯尔克孜族，一九六四年出生于新疆阿合奇县。

一九八六年，毕业于上海交通大学外语系英语专业，获文学学士学位；二〇〇四年，毕业于中国社会科学院研究生院，获文学博士学位；二〇〇九年中央民族大学少数民族语言文学学院博士后出站，成为我国首位柯尔克孜族博士和博士后。

一九八六年起在新疆工学院外语教研室任教。曾担任新疆民间文艺家协会副主席、新疆维吾尔自治区文联副主席、新疆维吾尔自治区委员会第九届委员会常委。

二〇〇五年调入中国社会科学院民族文学研究所，二〇〇七年晋升为研究员。

现为该研究所北方民族文学研究室主任，研究所学术委员会委员、学位委员会委员、职称评定委员会委员，并任中国社会科学院研究生院教授、博士生导师，吉尔吉斯斯坦国际艾特玛托夫研究院院士，中央民族大学、四川大学特聘教授。

一九八六年开始发表著述。在国内外各类学术及文学刊物上用汉文、柯尔克孜文、维吾尔文、蒙古文、英文、俄文、日文、土耳其文发表学术论文一百五十多篇，发表诗歌、散文等数十篇。

主要著作有《走近柯尔克孜族》《中国柯尔克孜族》《〈玛纳斯〉史诗歌手研究》《呼唤玛纳斯》《中亚民间文学》《口头传统与英雄史诗》《中国〈玛纳斯〉学词典》（合著）《柯尔克孜族民间宗教与社会》等。译著有《突厥语民族口头史诗：传统、形式和诗歌结构》《柯尔克孜族文学史（二）》。

翻译《玛纳斯》史诗总计近十万行，包括第一部《玛纳斯》、第七部《索姆比莱克》、第八部《奇格台》、第三部和第六部片段。

译有《玛纳斯》广播剧、柯尔克孜族长篇英雄诗《江额勒木尔扎》文学剧本，翻译发表柯尔克孜、哈萨克、维吾尔等民族作家的作品约一百万字。翻译发表国内外学术论文五十余篇，包括吉尔吉斯斯坦名家的文学作品及学术论文。

一九九九年九月获中国第六届少数民族文学"骏马奖"翻译奖；

《突厥语民族口头史诗：传统、形式和诗歌结构》获二〇一五年中国社会科学院民族文学研究所学术成果一等奖；

《〈玛纳斯〉史诗歌手研究》二〇〇六年获中国文联、中国民间文艺家协会第三届"民间文艺山花奖"学术著作奖；

一九九九年五月被授予中国民间文艺家协会"中青年德艺双馨会员"称号；同年十月被授予建国五十年新疆"德艺双馨文艺百佳"称号。

目　录

总　序

二〇一三年秋，习近平主席先后提出建设"丝绸之路经济带"和"二十一世纪海上丝绸之路"（简称"一带一路"）的倡议。"一带一路"一经提出，便在国外引起强烈反响，受到沿线绝大多数国家的热烈欢迎。如今，它已经成了我们在政治、经济和文化生活中最具活力的词汇。"一带一路"早已不是单纯的地理和经贸概念，而是沿线各国人民继往开来、求同存异、构建人类命运共同体的幸福路、光明路。正如一首题为《路的呼唤》[1]的歌中所唱的：

> ……
> 有一条路在呼唤
> 带着心穿越万水千山
> 千丝万缕一脉相传
> 注定了你我相见的今天
> 这一条路在呼唤
> 每颗心都是远洋的船
> 梦早已把船舱装满
> 爱是我们共同的家园
> ……

习主席关于构建人类"政治互信、经济融合、文化包容的利益共同体、命运共同体和责任共同体"的主张是人心所向，众望所归。联合国将"构

1　《路的呼唤》：中央电视台特别节目《一带一路》主题曲，梁芒作词，孟文豪谱曲，韩磊演唱。

建人类命运共同体"写入大会决议，来自一百三十多个国家的约一千五百名贵宾出席二〇一七年五月十四日在北京举行的"一带一路"国际合作高峰论坛，就是最有力的证明。

在国与国之间，政治互信、经济融合、文化包容的基础在民心，而民心相通的前提是相互了解和信任。正是出于这样的理念，我们决定编选、翻译和出版这套"'一带一路'沿线国家经典诗歌文库"，因为诗歌是"言志"和"抒情"最直接、最生动、最具活力的文学形式，诗歌最能反映大众心理、时代气息和社会风貌。"'一带一路'沿线国家经典诗歌文库"是加强沿线各国人民之间相互了解和信任的桥梁。

"'一带一路'沿线国家经典诗歌文库"的创意最初是由作家出版社前总编辑张陵和中国诗歌学会会长骆英在北京大学诗歌研究院院会提出的。他们的创意立即得到了谢冕院长和该院研究员们的一致赞同。但令人遗憾的是，在本校的研究员中只有在下一人是外语系（西班牙语）出身，因此，他们就不约而同地把这套书的主编安在了我的头上。殊不知在传统的"一带一路"沿线国家中，没有一个是讲西班牙语的。可人家说："一带一路"是开放的，当年"海上丝绸之路"到了菲律宾，大帆船贸易不就是通过马尼拉到了墨西哥吗？再说，巴西、智利、阿根廷三国的总统不是都来参加"一带一路"国际合作高峰论坛了吗？怎么能说"一带一路"和西班牙语国家没关系呢？我无言以对。

古丝绸之路是指张骞（前一六四年至前一一四年）出使西域时开辟的东起长安，经中亚、西亚诸国，西到罗马的通商之路。二〇一三年九月七日，习近平主席在哈萨克斯坦纳扎尔巴耶夫大学演讲时，提出共建"丝绸之路经济带"的主张，赋予了这条通衢古道以全新的含义，使欧亚各国的经济联系更加紧密、相互合作更加深入、发展空间更加广阔，从而造福沿途各国人民。至于古老的"海上丝绸之路"，自秦汉时期开通以来，一直是沟通东西方经济和文化交流的重要渠道，尤其是东南亚地区，自古就是"海上丝绸之路"的重要枢纽。习主席建设"二十一世纪海上丝绸之路"的构想使其在新的历史起点上，有了更加重要而又深远的意义。

"一带一路"沿线国家主要包括西亚十八国（伊朗、伊拉克、格鲁吉亚、亚美尼亚、阿塞拜疆、土耳其、叙利亚、约旦、以色列、巴勒斯坦、沙特阿拉伯、巴林、卡塔尔、也门、阿曼、阿拉伯联合酋长国、科威特、黎巴嫩），中亚六国（哈萨克斯坦、土库曼斯坦、吉尔吉斯斯坦、乌兹别克斯坦、塔吉克斯坦、阿富汗），南亚八国（尼泊尔、不丹、印度、巴基斯坦、孟加拉国、斯里兰卡、马尔代夫、阿富汗），东南亚十一国（印度尼西亚、马来西亚、菲律宾、新加坡、泰国、文莱、越南、老挝、缅甸、柬埔寨、东帝汶），中东欧十六国（阿尔巴尼亚、波斯尼亚和黑塞哥维那、保加利亚、克罗地亚、捷克、爱沙尼亚、匈牙利、拉脱维亚、立陶宛、马其顿、黑山、罗马尼亚、波兰、塞尔维亚、斯洛伐克、斯洛文尼亚）。独联体四国（俄罗斯、白俄罗斯、乌克兰、摩尔多瓦），再加上蒙古和埃及等。

从上述名单中不难看出，"一带一路"沿线国家多为文明古国，在历史上创造了形态不同、风格各异的灿烂文化，是人类文明宝库重要的组成部分。诗歌是文学的桂冠，是文学之魂。文明古国大都有其丰厚的诗歌资源，尤其是经典诗歌，凝聚着国家和民族的精神和理想。各国之间的文化交流与经贸往来，既相互交融又相互促进，可以深化区域合作，实现共同发展，使优秀文化共享成为相关国家互利共赢的有力支撑，从而为实现习主席构建人类命运共同体的伟大目标打下坚实的文化基础。

"一带一路"沿线国家多是发展中国家。长期以来，我们一直比较重视对欧美发达国家诗歌的译介，在"经济一体、文化多元"的今天，正好利用这难得的契机，将这些"被边缘化"国家的传统文化和民族精神纳入"一带一路"的建设，充分发掘它们深厚的文化底蕴，让它们的古老文明在当代世界发挥积极作用，使"文库"成为具有亲和力和感召力的文化桥梁。

"一带一路"沿线国家又多是中小国家。它们的语言多是非通用的"小语种"，我国在这方面的人才储备相对稀缺，学科建设相对薄弱；长期以来，对这些国家的文学作品缺乏系统性的译介和研究。从这个意义上说，"文库"的出版具有填补空白的性质，不仅能使我们了解这些国家的诗歌，也使相关的学科建设和学术研究有了新的生长点。

"'一带一路'沿线国家经典诗歌文库"的现实意义和深远影响已经很清楚了，但同样清楚的是其编选和翻译的难度。其难点有三：一是规模庞大，每个国家一卷，也要六十多卷，有的国家，如俄罗斯、印度，还不止一卷；二是情况不明，对其中某些国家的诗歌不是一无所知也是知之甚少，国内几乎从未译介过，如尼泊尔、文莱、斯里兰卡等国；三是语言繁多，有些只能借助英语或其他通用语言。然而困难再多，编委会也不能降低标准：一是尽可能从原文直接翻译，二是力争完整地呈现一个国家或地区整体的诗歌面貌。

总之，"文库"的规模是宏大的，任务是艰巨的，标准是严格的。如何完成？有信心吗？答案是肯定的。信心从何而来呢？我们有译者队伍和编辑力量做保证。

"'一带一路'沿线国家经典诗歌文库"的编译出版由北京大学外国语学院和中国作家出版社联袂承担，可谓珠联璧合，阵容强大。

北京大学外国语学院是国内外国语言文学界人才荟萃之地，文学翻译和研究的传统源远流长。北大外院的前身可以追溯到京师同文馆（一八六二年）和京师大学堂（一八九八年）。一九一九年北京大学废门改系，在十三个系中，外国文学系有三个，即英国文学系、法国文学系、德国文学系。一九二〇年，俄国文学系成立。一九二四年，北京大学又设东方文学系（其实只有日文专业）。新中国成立后，东语系发展迅速，教师和学生人数都有大幅度增长。一九四九年六月，南京东方语言专科学校和中央大学边政学系的教师并入东语系。到一九五二年京津高校院系调整前，东语系已有十二个招生语种、五十名教师、大约五百名在校学生，成为北大最大的系。

一九五二年院系调整时，重新组建西方语言文学系、俄罗斯语言文学系和东方语言文学系。其中西方语言文学系包括英、德、法三个语种，共有教师九十五人，分别来自北大、清华、燕大、辅仁、师大等高校（一九六〇年又增设西班牙语专业）；俄罗斯语言文学系共有教师二十二人，分别来自北大、清华、燕大等高校；东方语言文学系则将原有的西藏语、维吾尔语、西南少数民族语文调整到中央民族学院，保留蒙、朝、日、越、暹罗、印尼、缅甸、印地、阿拉伯等语言，共有教师四十二人。

北京大学外国语学院于一九九九年六月由英语系、西语系、俄语系和东语系组建而成，下设十五个系所，包括英语、俄语、法语、德语、西班牙语、葡萄牙语、日语、阿拉伯语、蒙古语、朝鲜语、越南语、泰国语、缅甸语、印尼语、菲律宾语、印地语、梵巴语、乌尔都语、波斯语、希伯来语等二十个招生语种。除招生语种外，学院还拥有近四十种用于教学和研究的语言资源，如意大利语、马来语、孟加拉语、土耳其语、豪萨语、斯瓦西里语、伊博语、阿姆哈拉语、乌克兰语、亚美尼亚语、格鲁吉亚语、阿塞拜疆语等现代语言，拉丁语、阿卡德语、阿拉米语、古冰岛语、古叙利亚语、圣经希伯来语、中古波斯语（巴列维语）、苏美尔语、赫梯语、吐火罗语、于阗语、古俄语等古代语言，藏语、蒙语、满语等少数民族及跨境语言。学院设有一个一级学科博士点、十个二级学科博士点和一个博士后流动站，为北京市唯一外国语言文学重点一级学科。学院师资力量雄厚：全院共有教师二百一十二名，其中教授六十名、副教授八十九名、助理教授十六名、讲师四十七名，拥有博士学位的教师一百六十三人，占教师总数的百分之七十七。

从以上的介绍不难看出，北京大学外国语学院的语言教学和科研涵盖了"一带一路"的大部分国家，拥有一批卓有成就的资深翻译家和崭露头角的青年才俊，能胜任"文库"的大部分翻译工作。至于一些北大没有的"小语种"国家，如某些中东欧国家，我们邀请了高兴（罗马尼亚语）、陈九瑛（保加利亚语）、林洪亮（波兰语）、冯植生（匈牙利语）、郑恩波（阿尔巴尼亚语）等多名社科院外文所和兄弟院校的专家承担了相应的翻译工作，在此谨对他们表示诚挚的敬意和衷心的感谢。

有好的翻译，还要有好的编辑。承担"'一带一路'沿线国家经典诗歌文库"编辑出版任务的作家出版社是国家级大型文学出版社，建社六十多年来出版了大量高品质的文学作品，积累了宝贵的资源和丰富的经验。尤其要指出的是，社领导对"文库"高度重视，总编辑黄宾堂、前总编辑张陵、资深编审张懿翎自始至终亲自参与了所有关于"文库"的工作会议，和北大诗歌研究院、北大外国语学院的领导一起，精心策划，全力以赴，保证了"文库"顺利面世。

最后还要说明的是，"'一带一路'沿线国家经典诗歌文库"得到了北大校领导的大力支持。"文库"第一批图书的出版恰逢北京大学建校一百二十周年（一八九八年至二〇一八年），编委会提出将这套图书作为对校庆的献礼。校领导欣然接受了编委会的建议，并在各方面给予了大力支持，校党委宣传部部长蒋朗朗同志从始至终参与了"文库"的策划和领导工作。至于北京大学外国语学院的领导更是责无旁贷地承担了全部翻译工作的设计、组织和落实。没有他们无私忘我、认真负责的担当，完成这样艰巨的任务是不可能的。

"'一带一路'沿线国家经典诗歌文库"第一批诗作即将出版，这只是第一步，更艰巨的工作还在后头；更何况随着时间的推移，"一带一路"的外延会进一步扩展，"文库"的工作量和难度也会越来越大。但无论如何，有了这样的积累，我们完全有理由相信，"'一带一路'沿线国家经典诗歌文库"会越来越好。为了实现这样的目标，我们期待着领导、业内同仁和广大读者的批评指教。

赵振江

二〇一七年秋于北京大学蓝旗营寓所

前　言

吉尔吉斯族与中国境内的柯尔克孜族是同源跨界民族，也是中亚地区一个有着悠久历史和灿烂文化的古老民族。"吉尔吉斯"是根据 Kyrgyz 或 Kirghiz 的俄罗斯文读音规则翻译过来的音译名称，而 Kyrgyz 或 Kirghiz 是本民族的自称。根据苏联科学院院士、东方学家 B.B. 巴托尔德的说法："吉尔吉斯是中亚最古老的民族，现代中亚民族中，大概还没有一个民族能够像吉尔吉斯族那样早地在历史中被提及。"在我国史书中，对于吉尔吉斯的起源，以及他们先民的社会生活状况都有明确的记载。在我国历代汉文史籍中，吉尔吉斯的族称，在不同的时代以不同的音译方式出现。汉代史学家司马迁的《史记·匈奴列传》中写为"鬲昆"，这是我国史籍中对于吉尔吉斯的首次记载。两汉至曹魏时期的《汉书》等汉文史籍中则被称为"鬲昆""隔昆"。也就是说，约在公元前三世纪，被匈奴征服和统治的北方民族中就有吉尔吉斯族的先民。据《魏书》《周书》《隋书》《新唐书》《太平寰宇记》等记载，两晋南北朝至隋，他们被称为"护骨氏""契骨""纥骨"等，在唐代被称为"坚昆""黠戛斯"。《辽史》记载为"辖戛斯""辖戛司""纥里迄斯"。元明史料中称为"吉利吉思""乞尔吉思"。但无论哪一种称呼，都是 Kyrgyz 或 Kirghiz（吉尔吉斯或柯尔克孜）一名在不同历史时期汉语的音转、音译或异译。清代称他们为"布鲁特"，据说这是准噶尔卫拉特蒙古族对吉尔吉斯人的称呼，意思为"高山居民"并一直被清代满汉等民族沿用。也就是说，从公元前二〇六年汉高祖刘邦建立西汉计算，吉尔吉斯出现在我国历史舞台上有明确记载的已经有两千二百多年了。当然，就像任何一个现代民族一样，今天的吉尔吉斯民族也是在不断吸纳、融合邻近的其他部族、部落中逐步形成的。

吉尔吉斯人的先民曾长期生活在叶尼塞河上游及西伯利亚南部地区。公元前三世纪被匈奴征服之前，吉尔吉斯人是一个相对独立的民族政治群体。公元前七二年，随着汉朝与乌孙等联合推翻匈奴，吉尔吉斯人的先民也摆脱匈奴统治，公元六至七世纪被纳入突厥的统治范围，八至九世纪中叶受回鹘统治，九世纪中叶乘内乱推翻回鹘汗国，建立了比较强大的黠戛斯汗国。在这期间，黠戛斯屡遣使者来唐，与唐朝建立十分密切的关系，其可汗还被唐宣宗封为"英武诚明可汗"。十世纪之后，吉尔吉斯先后受契丹、蒙古统治。由于北方草原群雄逐鹿战乱不断及天灾人祸，吉尔吉斯人的先民从公元初就开始不断迁徙至天山及中亚地区，直至准噶尔汗国的败落以及沙皇俄国全面占领叶尼塞河流域，到十八世纪最终完成了吉尔吉斯民族主体的西迁。西迁中亚之后，吉尔吉斯人在中亚历史舞台始终扮演着重要角色，并且与清朝保持密切往来。藩属于清朝的吉尔吉斯人还曾协助清军在平定张格尔叛乱、大小和卓叛乱及准噶尔叛乱等过程中发挥重要作用。在清朝政府和沙俄签订的《中俄北京条约》《中俄勘分西北界约记》《中俄伊犁条约》《中俄续勘喀什噶尔界约》等一系列条约的影响下，吉尔吉斯大部分人口和土地划入俄国版图，从此，生活在天山南北、中亚山地草原及盆地、帕米尔高原及喀喇昆仑山的古老民族吉尔吉斯（柯尔克孜）民族也被分割成跨界民族。随着俄国"十月革命"的胜利，一九一七年十一月至一九一八年六月吉尔吉斯地区建立苏维埃政权。根据中亚民族国家的划分，一九二四年十月十四日其成为俄罗斯联邦的一个自治州，名为卡拉—吉尔吉斯自治州。一九二五年五月二十五日称吉尔吉斯自治州。一九二六年二月一日改为吉尔吉斯苏维埃社会主义自治共和国。一九三六年十二月五日成立吉尔吉斯苏维埃社会主义共和国，加入苏联。一九九一年八月三十一日通过国家独立宣言，宣布脱离苏联独立，改国名为吉尔吉斯共和国，并于同年十二月二十一日加入独联体。吉尔吉斯斯坦划分为七州二市，州、市下设区，共有六十个区。州和市相当于我国的省和直辖市，区相当于我国的县。七州二市包括：楚河州、塔拉斯州、奥什州、贾拉拉巴德州、纳伦州、伊塞克湖州、巴特肯州、首都比什凯克市和奥什市。人口六百多万，境内有八十多个民族，其中吉尔吉斯族占百分之六十五。国家语言为吉尔吉斯语。

作为一个历史悠久的民族，吉尔吉斯的文化艺术也像她的历史一样源远流长，在漫长的历史发展长河中创造了光辉灿烂的文化。根据考古和史料记载，吉尔吉斯人的祖先很早就利用石头进行生产活动并在石头上刻出精美的图画，其中有马、绵羊、山羊、骆驼、鹿等动物的形象。在逐水草而游牧的时代，吉尔吉斯人的足迹踏遍南西伯利亚、漠北及中亚的广大地区。在叶尼塞河时期，吉尔吉斯人的先民与其他一些邻近古代民族共同创造了包括阿凡纳羡沃文化、安德烈纳沃文化和卡拉苏文化在内的米奴辛斯克文化。这是分布在叶尼塞河上游地区，属于铜石并用到青铜时期的文化。阿凡纳羡沃文化是西伯利亚铜石并用文化之一，分布在叶尼塞河上游地区，出土的文物中，有精巧的铜器和青铜器，工具大多为石器和骨器，属于公元前三千年至公元前二千年的物品。安德烈纳沃文化出土于叶尼塞河上游地区今俄罗斯境内的克利诺亚斯克州的安德烈纳沃，属于公元前二千年的青铜时期，出土的器具都很精致，不仅底部十分光滑而且外部也刻有精美的图案，还有大量的青铜马具、小刀、剑等。卡拉苏文化是前两个文化的延续，出土的工具和武器等已有明显的改善，石器已不再被使用。这里出土的大量器具和武器与我国夏、商时期所制造的极为相似，说明吉尔吉斯人的先民很早就与中原有了文化上的联系。

吉尔吉斯的文字使用也可以追溯到非常久远的时代。吉尔吉斯的先民曾使用过一种岩画文，把生活中个别重大事件以及猎手们的狩猎情景刻在岩石上。这种文字符号从吉尔吉斯先民早期生活过的叶尼塞河流域、阿尔泰山脉、塔拉斯河流域都有所发现。在七世纪左右，吉尔吉斯先民在叶尼塞河流域以及后来迁徙到塔拉斯河流域之后的一段历史时期内使用过古突厥文，即鄂尔浑—叶尼塞塔拉斯文。其中的代表性文献《阙特勤碑》《暾欲谷碑》《苏吉碑》《塔拉斯碑》等碑铭不仅记录了吉尔吉斯人当时的社会生活，而且体现了古代诗歌的韵律、风格、隐喻、特性形容词等古老韵文的表现形式，是吉尔吉斯先民有文字记载的最早的书面诗歌范本。当然，这种文字由于普及面较窄，在征战与不断的迁徙过程中只留下了数以百计的石碑铭文，除此之外，早已失传。整体迁徙到中亚地区之后，在伊斯兰教的推动下，吉尔吉斯人曾一度使用当时在中亚广为流传的察合台文，这种文字一直沿用到二十世纪初。随着"十月革命"的胜利，苏联成立以及吉尔吉斯自治共和国的建立，中亚吉尔吉斯人开始使用俄罗斯基里尔文基础上改制的吉尔吉斯文，这种文字一直使用至今。

众所周知，直到十九世纪下半叶，吉尔吉斯的历史以及所有的民间文化知识和精神财富基本以口头形式记忆和保存，流传至今的为数不多的碑铭文字和书面文字资料与浩如烟海的口头传统相比，可以说是微不足道。因此其口头传统不仅源远流长而且甚为发达。"交毛克奇"或"玛纳斯奇

3

(Jomokchu/Manaschi，意为《玛纳斯》史诗歌手)"、"散吉拉奇(Sanjirachi，意为部落谱系讲述者)"、"阿肯(Akin，意为即兴诗人)"、"额尔奇(Irchi，意为民歌手)"是吉尔吉斯民间口头文学的创作者、演唱者、传承者、传播者和保存者。史诗和叙事诗是吉尔吉斯民间文学最重要的组成部分，已知和已经搜集整理刊布的各类史诗、叙事诗约为一百部左右。吉尔吉斯史诗分为神话史诗和英雄史诗。神话史诗主要以远古的狩猎生活为内容，反映吉尔吉斯古老的神话观、自然观和对世界的独特认识，英雄史诗中的代表作是家喻户晓的长篇口头史诗《玛纳斯》，是吉尔吉斯口头文学中规模最宏伟、艺术性达到巅峰，也最具影响力和多方面学术研究价值的一部史诗，在我国及阿富汗、乌兹别克斯坦均有流传[1]。近代以来，吉尔吉斯斯坦出现过大量杰出的《玛纳斯》史诗演唱家"玛纳斯奇"，而萨恩拜·奥诺兹巴克和萨雅克拜·卡拉拉耶夫则是十九世纪末二十世纪初吉尔吉斯斯坦两位最著名的《玛纳斯》史诗演唱家。

在吉尔吉斯语中，民歌和诗歌都被统称为"额尔"(Ir)。它产生于民间，大部分是由阿肯、额尔奇、交毛克奇(玛纳斯奇)等口耳传唱，代代相继，并在他们的演唱过程中不断得到加工和完善，得到百姓的喜爱而在民间广为流传。吉尔吉斯民歌主要是由牧歌发展起来的，其明显的标志和特点是民歌中普遍带有呼唤的声调，这种声调是牧人呼唤辽阔的草原上一切生物时的独特音调，这种音调可以把人引向辽阔的草原、雄伟的雪山、涓涓溪流的山谷以及牛羊遍地的牧场。按照十九世纪俄国著名突厥学家拉德洛夫的观点，吉尔吉斯是一个连平时说话都带有韵律的民族。这说明吉尔吉斯语有着极为鲜明而独特的韵律特征。对于吉尔吉斯人来说，民歌伴随着民族的发展走过了漫长的岁月，而且还要伴随每一个人走过人生的每一个阶段。吉尔吉斯人在歌声中诞生并在歌声中走向生命的终点。比如，

1　在我国，柯尔克孜族的《玛纳斯》与藏族的《格萨尔》、蒙古族的《江格尔》并称为中国少数民族三大史诗。从二十世纪六十年代开始，我国对《玛纳斯》史诗进行了大规模搜集、翻译、研究工作，已搜集到各种文本和异文近百种。由我国杰出的"玛纳斯奇"居素普·玛玛依演唱并已出版吉尔吉斯文八部二十三万行的唱本，被认为是目前发现的结构最完整、规模最宏伟的经典唱本，不仅享誉全国，而且走向了世界。其中的大部分内容已经被翻译成汉语出版，很多内容也有了英文、德文、日文、土耳其文等译文。

小孩出生以前无子的父母面对上苍求子时唱求子歌，新生儿来到人间则有起名歌，还有摇床歌、喂食歌、学步歌等。人死后，死者的亲人（从近代以来大多是女性亲属）都要背朝门槛身穿黑色丧服，用悲切的音调唱哭丧歌（挽歌）为死者的灵魂送行，缅怀死者的业绩。吉尔吉斯族的大部分民歌与人生礼仪和人们的生活习俗有密切关系，同民间习俗和仪式融为一体，成为仪式活动中不可缺少的组成部分，比如与婚俗相关的民歌有定亲歌、劝嫁歌、祝福歌、见面歌、送别歌、婚礼游戏歌等等。民歌贯穿吉尔吉斯族青年男女婚礼的全过程，给人以无歌不成婚的感觉。吉尔吉斯民歌大多有特定的音韵、旋律、声调和歌词，还有一类民歌是民间艺人及一些有才华的歌手的即兴创作。非凡的即兴创作诗歌的才能使吉尔吉斯族的民歌异彩纷呈，融入广大吉尔吉斯族人民生活的各个方面，形成了一个浩大无比的歌的海洋。吉尔吉斯族人民人人能唱歌，个个会编歌。无论是广阔的牧场，还是炊烟袅袅的毡房；无论是热闹的麦场，还是在寂静的月夜中看守羊圈，人们都可以听到热情奔放、曲调悠扬的歌声。吉尔吉斯民歌相对于史诗作品而言，在结构上比较短小，形式上比较自由，但是其数量之多、内容之丰富是罕见的。这些民歌几乎囊括了吉尔吉斯族人民生活的所有方面，反映了劳动人民的性格特征和思想愿望、追求。他们自己内心的感受和对各种事物的认识大多通过韵文的形式表达，通过这种形式抒发自己的感情，教育周围的人及下一代。

民歌是吉尔吉斯族韵文体口头传统中最古老的口头艺术表演形式，也是二十世纪吉尔吉斯现代诗歌的滥觞。追本溯源，二十世纪的吉尔吉斯的诗歌传统至少有两个基本的源头，其一是吉尔吉斯浩如大海的古老口头传统，其二是俄罗斯诗歌传统及苏联各个加盟共和国的多民族诗歌传统。总览吉尔吉斯源远流长的民间口头文学，其韵文创作和流传的作品所占比重很大，这与吉尔吉斯语的发音特点以及广大人民喜欢即兴创作诗歌的民族传统文化特点密不可分。即兴歌手在吉尔吉斯语中被称为"托克莫额尔奇"（Tokmochü）。这类民歌是在一定的旋律当中即兴填加歌词来创作，歌手可以根据自己的才能即景生情，自由发挥。这类即兴创作诗歌的传统便是吉尔吉斯现代诗歌生长的土壤。

吉尔吉斯古代口头诗人中，多数人的名字早已经消失在历史长河中，但是十三世纪之后的一些著名歌手的名字和创作却通过口传诗人们的传播在民间或多或少有所流传，他们是十三世纪用自己的诗句向成吉思汗委婉地告知其儿子逝世噩耗的民间诗人凯特·布卡；十四至十五世纪不顾个人安危用歌声直接向金帐汗国加尼别克汗王进谏，表达人们心声的民间诗人托合托古勒·额尔奇；十五世纪忧国忧民，心中充满忧患，梦想建立心中的理想国的阿散·凯伊戈。十八世纪以来，在吉尔吉斯口头传统诗歌向现代书面诗歌过渡时期出现的著名诗人有卡勒古勒·巴依、阿热斯坦别克·布伊拉什、坚额交克、毛勒朵尼亚孜、努尔毛勒朵、毛勒朵·克里奇、托果洛克·毛勒朵、托合托古勒·萨特勒甘诺夫等等。这些民间歌手的名字数世纪以来光耀吉尔吉斯诗坛，成了吉尔吉斯人民永恒的经典。

如果说上述诗人都继承和发展了吉尔吉斯源远流长的口头诗歌创作传统，在吉尔吉斯传统的口头诗歌与现代诗歌之间搭建起一座彼此相通的桥梁的话，那么二十世纪初的"十月革命"所带来的社会深刻变化则催生了新一代书面诗歌的诞生，并产生了一批优秀的书面诗人。他们亲身经历"十月革命"之后苏联土地上的社会变革，并且纷纷投入到社会主义建设的洪流当中，对社会变革中的新生事物充满好奇和渴望，有激情有思想，不仅对吉尔吉斯诗歌传统有自己独特的认识，而且从俄罗斯及苏联其他各加盟共和国的诗歌传统中吸收养分，积极探索，开创了吉尔吉斯诗歌创作的新时代。他们吸收吉尔吉斯传统诗歌优美多样的韵律、独特的表现形式，在题材、形式、内容等方面都深受俄罗斯诗歌及苏联多民族诗歌的影响，不断探索，不断创新，奠定了二十世纪上半叶吉尔吉斯现代书面诗歌的基础，并在诗歌创作形式、内容、创作手法和技巧等多方面为后期吉尔吉斯诗歌的发展积累了丰富的经验。其中，成就最高、影响最大的要数阿勒·托坤巴耶夫、阿勒库勒·奥斯莫诺夫、苏云拜·耶热利耶夫等。他们的诗歌创作实践和成就代表了二十世纪上半叶吉尔吉斯诗歌的最高水平，那些充满社会主义激情、赞颂社会主义建设伟大成就、表现诗人细腻情感的诗作不仅赢得吉尔吉斯斯坦人民以及全体苏联人民的喜爱，还对年青一代吉尔吉斯诗人的创作产生了巨大影响，而且跨出苏联国界，在世界范围内产生一定的影响。

在上述前辈诗人的影响下，二十世纪下半叶的吉尔吉斯斯坦诗歌的探索脚步进一步拓展，诗人们不仅继承和弘扬吉尔吉斯传统诗歌的优点和俄罗斯优秀诗歌传统的长处，而且还将自己的视野扩展到更加广阔的地域，开始有了更加开阔的世界思维和视野，对全人类的诗歌传统加以吸收和借鉴，使吉尔吉斯斯坦诗歌出现了更加凸显的普适性审美思维和哲理意蕴，并且不断走向国际化，呈现出创作手法、诗歌内容、创作技巧更加多元化的特征。这些先锋诗人的诗歌浪漫主义和公民意识相互交融，心灵与哲学彼此碰撞，乡村与城市加以对比，韵律严谨的传统诗歌和自由诗共同发展，现实和幻想密切交融，在吉尔吉斯诗歌史上画出了一道优美的风景线。

一九九一年，苏联解体之后成立的吉尔吉斯共和国迎来了一个新的历史时期。吉尔吉斯文学艺术也在这样的历史条件下，走入了一个新的发展期。虽然，人们追求民主、追求创新、追求自由的脚步突飞猛进，新思想不断涌现，但是动荡的社会现实、波动的经济危机、人们每况愈下的生活境况使年青一代诗人进入一种兴奋的迷茫期。他们在苦苦地追寻、痛苦地探索，试图用一种崭新的思维面对和回答各种复杂的社会问题。当然，这种变革和探索精神不仅在年青一代诗人的作品中，同样在老一代诗人的作品中也能反映出来。

历史在发展，社会在变革。如今，随着科学技术的飞速发展，人们的生活也在不断发生改变，世界的每一个角落都不可能脱离历史发展的潮流。就吉尔吉斯诗歌而言，近几十年来的吉尔吉斯诗歌发展历程是在传统基础上不断探索、不断创新，在曲折的道路上不断前行的过程。在社会激荡转型期，吉尔吉斯诗歌也出现了一些值得回味和思考的新思潮、新手法和新内容，这一点在编入本书的翻译作品中去领略和感受，可能会有更加深刻的体会。愿读者在本书中跟随译者进入吉尔吉斯诗歌的长廊，在走马观花式的阅读中感受吉尔吉斯现代诗歌的独特魅力，领略吉尔吉斯诗歌源远流长的传统本质。

阿地里·居玛吐尔地

二〇一七年春于北京石景山鲁谷

托果洛克·毛勒朵

（一八六〇年至一九四二年）

二十世纪吉尔吉斯斯坦家喻户晓的德最著名的即兴诗人之一。曾用名巴依穆别特·阿布德热合曼诺夫，是与托合托古勒·萨特勒甘诺夫齐名的民主主义诗人和吉尔吉斯斯坦现代文学的奠基人之一。从十四岁开始诗歌创作，其诗歌以劝谕、讽刺、抒情见长，具有鲜明的针砭时弊的讽刺意味，也不乏积极向上的劝谕色彩和启迪意义。在苏联时期他也创作出了很多歌颂新时代的佳作。他不仅是一位引领时代潮流的著名即兴诗人，而且还是一位名扬四方的《玛纳斯》史诗演唱家，其创作的诗歌和演唱的史诗资料均为吉尔吉斯斯坦重要的精神文化资源。

劝谕诗

花季少女配儿郎

翱翔的雄鹰配猎人

要调节美食的味道

只能用盐做调料

安详的睡眠在深夜

劳作奔波在白昼

踏上路途走远方

一匹骏马来相伴

愚昧无知的亲人

不如睿智善良的路人

在家躺着虚度光阴

不如尽早读书把知识追寻

浑浑噩噩的小人

怎能与乐善好施者等同

心怀歹意的女人最恶毒

屈尊低头的忧烦最神伤

像我们这样的游牧人

牧放牲畜最理想

雨水滴落的破毡房

比不上高大的土坯房

年轻人独守空房心怀悲伤

还不如丰衣足食的耄耋老乡

孤苦伶仃的日子要来临

要做好受苦受难的准备

贪得无厌的虱子贪官

不如驼队的一只领头驼

女人渴望男子汉
农民期盼的是土壤
耕种庄稼需要耕地
野鸭野鹅向往着湖泊
德才兼备的好儿郎
得到妇幼老少的敬仰

托合托古勒·萨特勒甘诺夫
（一八六四年至一九三三年）

　　二十世纪吉尔吉斯斯坦最著名的即兴诗人之一。一八六四年十月二十五日出生于现以他的名字命名的托合托古勒区。十五岁开始便游走民间，即兴为民众演唱。他最初的诗歌以抒情见长，主要代表作有《什么最有趣》《尽情享受幸福吧》《阿勒木汗》等。一八八二年，他与当时名声远播的即兴诗人阿尔兹马特进行演唱比赛并胜出，从此扬名天下。在当时的封建社会，很多贵族富翁都以豢养自己的即兴歌手为荣。他所战胜的即兴诗人阿尔兹马特正是当时有名望的贵族德伊罕拜的歌手。于是，很多富贵人士都伸出橄榄枝，恳请他做他们的御用歌手。具有高贵心灵、维护自己荣誉的托合托古勒不为所动，于是，一位名叫巴合提亚尔的富翁怂恿其他人造谣诬陷，说托合托古勒曾参与安集延的反政府暴动而使诗人于一八九八年遭到沙俄逮捕，被投入监牢，甚至被判死刑。后来，被改判流放至西伯利亚七年。托合托古勒曾试图逃亡但被人发现，于是他的流放时间从七年增加到十二年。后来，诗人在俄罗斯革命者的帮助下，于一九一〇年终于逃回故乡。在苏维埃时期，他曾创作过大量歌颂新时代，歌颂列宁、歌颂苏联共产党的优秀诗作。

　　曾出版由民间长诗改编的长诗《凯岱汗》（一九三八年）、《托合托古勒的诗》（一九三八年）、《诗集》（一九四〇年）、《作品集（两卷本）》（一九六四年）、《是怎样的母亲生出了列宁这样的儿子》（一九六四年）等。很多作品被翻译成俄文、哈萨克文等多种文字。一九六八年，吉尔吉斯斯坦以他的名字设立了国家文学奖。

无题诗

河水有船而显得美丽

孩子因母亲而显出优雅

不听从人们的规劝

白痴就会被人编入笑话

刀子的魅力在刀鞘

骏马的美丽在马驹

小伙子啊，如果你是男子汉

辛勤劳动做出成绩

胡须的魅力在老汉

美女的魅力在美痣

不要花心四处碰壁

最好和心爱之人结为连理

披着夜色一群群出动

狐狸们最终被猎夹夹中

小伙子啊，不要嫌路途遥远

坚持不懈才能最终取胜

低俗之人的标志

成天为自己忙碌

高尚之人的标志

为了别人在所不辞

人民团结万众一心

你要毫不畏惧抗击敌人
坚韧不拔的年轻人
总会留下英雄的美名

顽强拼搏的年轻人
可以胜过任何金银
趁着你的青春年华
要像金银一样闪烁光明

花样年华

红缎长裙配上黑色坎肩
展示你们的美丽吧,姑娘们
情感激扬的年轻时光
尽情快乐吧,姑娘们
生命一去不复返
尽情享受吧,姑娘们
不能嬉笑不能玩耍
忘却了欢乐的必要
失去美好的时光和青春
到时候后悔叹息,姑娘们

长裙配上红色坎肩
尽情展示你们的身材
激情飞扬的时光里
尽情快乐吧,姑娘们
青春无情转眼即逝
你们要想一想,姑娘们
没有欢乐没有笑声
浪费了最美好的时光
不要事后伤心,姑娘们

在生命的美好阶段
在少年的青春时光
要像草原上盛开的鲜花
尽情享受世间的光华

等到时光老人将你捕获
等到可爱的生命已经衰老
你将被黑色的厚土压顶
逃不过最终被大地埋葬

卡勒克·阿克耶夫

（一八八三年至一九三五年）

　　诗人。出生于朱木尕勒区卡拉奥依村。从小游历四方，拜师学艺，成为著名的即兴诗人。一九〇五年由于在即兴创编的诗歌中讽刺贪官而遭到追杀，最终逃入山中幸免于难。后来，他的诗歌作品广为人知，成为经典。其作品集有《卡勒克的诗歌》《饥饿的狼》《不死的勇士》《诗歌集》《孜力扎拉》《贫穷的岁月》《一九一六年》《穷可汗》《库尔曼别克》《加尼西与巴依西》等。他还出版有自传体作品《走过的路》。曾获得过政府部门颁发的多个奖章。吉尔吉斯斯坦很多街道和学校等都以他的名字命名。

吉尔吉斯斯坦

阿拉套山[1]顶天立地

你的大地富饶而美丽

你为了吉尔吉斯而诞生

敞开胸怀全心全意

吉尔吉斯人民

开采着你富足的矿藏

少年们如同你的雏鹰

英雄们勇往直前

吉尔吉斯斯坦抚养着幸福的一代

劳动人民建立起社会主义家园

竞争和发展取得新的胜利

幸福的生活足足延续了二十年

处处是工厂车间

都是英雄们奋力创建

无论男女，不知疲倦

劳动英雄，个个好汉

吉尔吉斯斯坦数不清优质的牲畜

南边有一望无际的棉田

伟大的领袖，这是您的创造

为人民带来自由和幸福

我们从内心向您发出的誓言

1　阿拉套山：中亚吉尔吉斯斯坦境内的一座大山。

我们一定要加以兑现

党啊，伟大的旗帜

我们誓死保卫你到永远

年轻人啊

如同草原上盛开的花朵
朝气蓬勃的年轻人
在这个光芒四射的年代
获得幸福的年轻人

虎背熊腰威风凛凛
打退敌人的年轻人
如同扬起的狂飙
前途无限光明的年轻人

如同春天的百灵
热情奔放的年轻人
祖国光芒永驻
大地上盛开百花

山岗、草原、山峦
探矿采金的年轻人
肩负着科学和知识
神采飞扬的年轻人

劳动的热情不断高涨
如同一把燃烧的火焰
团结和谐永恒不灭的蜡烛
已经被你们点燃

农场、集体农庄的牲畜

被你们任劳任怨地牧放

主动承担新任务

热火朝天的年轻人

在这个花样年代

让我们发出欢笑

第四个五年计划

一定要实现，年轻人

超额完成自己的任务

昂首挺胸，自信豪迈

让我们加快脚步，年轻人

早日实现共产主义的时代

巴尔普·阿勒巴耶夫
（一八八四年至一九四九年）

　　吉尔吉斯斯坦二十世纪著名即兴诗人之一。出生于现苏扎克区阿齐村一个穷人家庭，从九岁到十四岁为富人家当用人。天生聪颖，善于口头诗歌创作，并从小在同伴中演唱。他在即兴对唱中分别战胜纳扎尔拜和斯德克·喀拉木尔扎等两位有名的即兴诗人之后声名鹊起。一九一〇年至一九一五年分别与当时在吉尔吉斯族民众中赫赫有名的艾什玛穆别特、阔尔果勒、坚额交克、托合托古勒·萨特勒甘诺夫等即兴诗人们进行切磋交流。他于一九一七年以极大的热情迎接"十月革命"的到来，积极参与吉尔吉斯斯坦南部地区的苏维埃运动，并创作了大量赞颂列宁、苏联共产党以及新生活的诗作，后来还曾参加过苏联卫国战争。

风

没有头，没有尾
风是从何而来？
为了揭开这个谜团
我要放飞自己的思绪
裹挟世界的大风
是否从湖面起卷？
抑或是滴水不落的戈壁荒滩
成为它成长的家园？
孕育万物的大地
难道是它的根源？

死 亡

生命与死亡永远相伴
死神的足迹无处不现
生命不会与死亡为友
生命之路没有起点
生命是阳光明媚的白昼
死亡是捉摸不定的黑暗
生命是万物的希望
死亡是人生的苦难
紧紧跟随日夜相伴
死神就走在你身边
融入你流动的血液
死亡流动在你的血管
以无法控制的威力
死亡就在你头顶盘旋
生命的起始轮回
死亡它永远驻你心中
谁人能逃脱死亡？
只能被它束手就擒

卡斯穆·特尼斯塔诺夫
（一九〇一年至一九三八年）

　　二十世纪初期吉尔吉斯斯坦语文学家、诗人。作为语文学家，俄国"十月革命"胜利之后，他参与制定了吉尔吉斯斯坦语文教学和各种课本教材的编写工作。他编写的《吉尔吉斯语词法》和《吉尔吉斯语句法》奠定了现代吉尔吉斯语研究的基础，被尊称为"吉尔吉斯语言学之父"。此外，在诗歌创作方面他也堪称吉尔吉斯斯坦现代诗歌的先驱，曾创作发表过很优秀的诗作。他创作的诗歌，语言深刻，具有厚重的时代感和现代启蒙意义，成为吉尔吉斯斯坦走向民族自信、自强、自立、文明、进步的重要精神食粮。经过吉尔吉斯斯坦的申请，联合国教科文组织曾在其诞辰一百周年的二〇〇一年为卡斯穆·特尼斯塔诺夫举办纪念活动。

黎 明

晨曦从东方发出曙光，
万物苏醒，从甜美的梦乡；
世界摆脱了黑暗的笼罩，
万物欢呼，放声歌唱。

自由的曙光从东方照亮大地，
勤劳的人们迎来希望；
自然万物交头接耳悄声细语，
向黎明曙光施礼致敬。

光芒已经笼罩大地，
枯萎的山花竞相绽放；
占据山顶的凛冽严寒，
顺着山谷随风雪逃遁。

站起来，向黎明致敬吧，阿拉什[1]人，
抬起头，沐浴在这光芒之中；
一只百灵开始婉转歌唱，
只为了庆祝这辉煌的黎明。

---

1 阿拉什：近代吉尔吉斯族和哈萨克族等民族的联盟。

玛纳斯[1]陵墓

从山谷河滩搬来巨石，
赶走梦魇，迎来希冀，
源于阿拉套山奔向楚河[2]故地，
清澈如镜的塔拉斯河[3]滚滚不息。
敬仰而悲伤的泪水无法停止，
英雄玛纳斯的尸骨在那里安息。

曾几何时陵墓建成，
岁月如梭耗尽多少世纪；
玛纳斯保家卫民英勇杀敌，
他的身世和业绩，
被教书人反复讲述，
在陵墓高大的门楣上彪炳史册。
经过无数岁月风雨吹打，
如今那文字已经剥蚀脱落。

高高的陵墓依然昂首耸立，
拨动路人的思绪心潮沸腾；
未曾目睹雄伟圣陵的人们，
时刻渴望着前来拜祭；
早晚吹拂的清凉山风，
将陵墓的神奇传说向八方传播；
随风带来今世子孙的故事，

1　玛纳斯：史诗中的英雄人物。
2　楚河：中亚吉尔吉斯斯坦境内的一条大河。
3　塔拉斯河：中亚吉尔吉斯斯坦境内的一条大河。

安慰那陵墓中安眠的英灵。

与天比肩的阿拉套山峰，

昂首挺胸，从容自信；

"我的英雄玛纳斯世间独一无二"，

堪比骄阳和明月。

沟壑、悬崖、松林，

守护着陵墓如同卫兵；

山谷间奔腾不息的山泉水，

呜咽叮咚歌颂英雄的威名。

回首往事，悲情涌动，

人们无时不怀念英雄；

歌手们颂唱英雄真挚动情，

琴手们弹奏的考姆孜琴[1]曲调悲痛；

讲述起后代受尽冤屈的悲惨故事，

热血沸腾，怒火升腾；

琴声伴随着椎心泣血的哀吟，

怀念英雄玛纳斯的英明。

---

1 考姆孜琴：吉尔吉斯独特而古老的民间三弦弹拨乐器。

阿勒·托坤巴耶夫
（一九○四年至一九八八年）

　　吉尔吉斯斯坦人民诗人。出生于凯敏区喀因德村。一九二二年至一九二七年入塔什干苏维埃党校中亚共产主义大学学习。一九二七年至一九五六年先后担任《红色吉尔吉斯斯坦》报编辑、莫斯科中央出版社吉尔吉斯文编辑室编辑、吉尔吉斯斯坦作家出版社总编辑、吉尔吉斯斯坦作家协会办公室主任、《苏维埃吉尔吉斯》报总编辑、苏联科学院吉尔吉斯斯坦分院语言文学历史研究所所长等。一九二四年七月于吉尔吉斯斯坦第一份公开出版的报纸《自由的山》的创刊号上发表处女诗作《十月革命的到来》。第一部诗集《关于列宁》一九二七年出版，一九三六年该诗集以《列宁》之名修订再版。此后出版的诗集主要有《阿塔柯》《劳动之花》《最初的诗歌》《有翅膀的朋友》《血染的年代：一九一六年》（第一、二卷）《受伤的心》《诗集》《我的礼物》等数十种。在一九三七年的"肃反"运动中被扣上反革命、民主主义者等帽子遭到逮捕，作品一律销毁。一九三九年在法捷耶夫的努力下幸免于难，得到释放。他的很多作品曾被译成俄文、乌克兰文、哈萨克文、塔吉克文、乌兹别克文、立陶宛文出版并产生很大影响。一九三四年加入苏联作家协会。一九四五年被授予吉尔吉斯斯坦"人民诗人"称号。一九五四年当选吉尔吉斯斯坦科学院院士。一九六七年获得吉尔吉斯斯坦托合托古勒·萨特勒甘诺夫国家文学奖。一九七四年获得吉尔吉斯斯坦苏维埃劳动英雄称号。此外，他还曾多次获得列宁勋章、红色劳动勋章、十月革命勋章、红星勋章等各种奖励和荣誉。一九一六年的中亚动乱中曾随父母逃亡到我国新疆乌什地区，这段经历在其诗作中也有反映。

如果我是

如果我是太阳发出耀眼的光芒

你定会尽情分享这阳光

如果我是雪水从峭壁上飞流而下

你定会婀娜多姿前来打水到我身旁

我就会奋不顾身冲破山谷

展开双臂紧紧地把你抱在怀中

纯洁的爱情如光如水

亲爱的，幸福欢乐会不会与我们相伴

如果我是神域中的生命之水

我定会赋予你永生不死的生命

如果我是万花丛中啁啾的百灵

我定会振翅高飞来到你耳旁

黑夜里你辗转反侧无法入眠

我就用动听的歌声平息你的忧烦

如果我是一名石匠而不是鲁莽的诗人

我定会将你的雕像刻在峭壁之上

致李白、杜甫、白居易

岁月催人老无法阻挡
涌动的情感重新起航
我阅遍世间古籍的海洋
探寻古代的世界是否今天的模样

不要说墓碑，墓地都无法找见
无人知晓诗圣们的尸骨在哪里腐烂
不要说诗行，就连每一个标点
都比有些在世诗人的诗歌还要活灵活现

月光中愈加神秘写满悲怨
也许就是那座山岗尘土随风飘散
在世时谁人珍惜他们的诗卷
谁人理解谁人懂得他们的哀怨

难忘的记忆

你那黑加仑般多情的眼睛

你那甜如蜂蜜金铃般的言语

我何时才能目睹

我何时才能耳闻

何时才能忘我陶醉

还有你那仙女般婀娜的身姿……

在宽阔的湖面上天鹅般展翅

任何力量你都不屑地回转身去……

如同被强大的磁场吸引的生铁

我却无法逃避你的魅力

有时候我会痴迷

如同无依无靠的孤儿

忘记所有的世间人情

有时就像落入网中的可怜小鸟

痛苦悲伤

却又不敢定睛观看满足自己的奢望

火热的眼睛

有时彼此深情对视

掩藏的感情

揣测着彼此的内心

"我是你的，你是我的"这句话

驿动的心在悄悄地

悄悄地在心里表达

抑或那些美好的时刻
都是梦境并非现实？
如果是梦
难道要将这一切无情地收回
不，那不是梦！
我曾柔情万丈
把你紧紧地
紧紧地抱在怀中

那个情景我只在月夜中回味
心潮翻腾，思绪早已飞上蓝天
不断地验证
叹息自己河水般流失的生命
答案未知
只能低头丧气
回家总是不能正点

如我所愿

假如大自然、命运

能如我所愿

我宁愿变成白色的浪花重生人间

在大海中畅游，玩耍

到达我心中向往的彼岸

在一个没有罪恶

纯洁无瑕的世界里

如果能从母亲的子宫重新分娩

拿一根树枝当骏马

欢蹦着追逐飞舞的彩蝶

如果大自然能听我的话

我想变成芬芳的红花

抑或是变成花儿的情人

啁啾的百灵鸟在其中唱鸣

变成累累硕果挂在树顶

让人们心旷神怡瞪大眼睛

不容烦劳人们伸手采摘

我自动掉落到他们怀中

如果我的话不立刻实现

我宁愿评判一下我内心

如果我清白无辜没有罪孽

那就尽快把我心中的痛苦消除干净

假如大自然、命运

能如我所愿

我想变成喷涌的清泉狂欢

清洗人间的所有污染

净化世间人们的心灵

想变成宽阔的大地

成为世间生灵的唯一母亲

重新创造万物

强壮他们

在额头上——亲吻

如果大自然能从我愿

我要变成夏季及时出现的晨曦

用光明沐浴人间

阳光普照大地

顽强、坚毅、勇敢

拥有箭射不透的能力

阻挡任何来犯之敌

让磐石城门永远伫立在那里

雅思尔·十娃子
（一九〇六年至一九八八年）

　　吉尔吉斯斯坦东干族（回族）著名诗人。出生于吉尔吉斯斯坦莫斯科区阿列克桑德罗夫卡村一个铁匠家庭。少年时首先在清真寺里学习阿拉伯文，后来被送到塔什干教育学院学习。一九三一年出版第一本诗集《启明星》。后来又先后出版《革命潮》《中国》《逝去的岁月》《扬子江》《祖国》《春风》《大碗上的字》《我播种欢乐》《银笛》等诗集十余部，以及长篇小说《一心人》《我的新家》、剧本《沙利尔》等。曾任吉尔吉斯斯坦作家协会秘书长、吉尔吉斯斯坦科学院院士等。他不仅是中亚地区东干文学的奠基者和标杆，而且为培养新生代作家、诗人付出了大量心血。与此同时，他还曾访问中国，并结识老舍、萧三等作家、诗人，对故乡怀有深切的怀念，为吉中两国文化交流做出突出贡献。

我要撒播欢乐

如同花朵撒播万种清香
我要把欢乐撒向全世界
把欢乐之花撒播，在每一天
向每一个人的心田
我想把花用春的温馨包裹
我希望欢乐之花遍地绽放
在山谷，在山脊，在平原和荒漠
我希望它永不凋谢
久久地，久久地，向明天新的岁月

我带着春天走来

我走来，背着春天
把无限的爱撒向人间
我轻盈地穿过高山平原
让花朵铺满整个山谷

让铁犁翻开黑土
大地把庄稼纳入怀中
把百灵放飞高空
让夜莺在果园鸣唱

我要让太阳调高温度
我要让月亮更加皎洁
把所有的泉眼都成倍扩大
在山谷间淙淙流淌

山峰作为波涛的硕大世界
我将其抱在怀中走来
蚊虫蚂蚁和各种飞禽
被我扫荡在四周

蝴蝶在我怀中翻飞
无限的美丽透射我全身
我走来，背着春天
巨大的山峰抱在我怀中

致太阳

你好，太阳

请你从地平线上出现

请你从海洋的深处升起

请你从刺破苍天的悬崖上翻越

请你平息世界的纷扰

翻腾阴霾将其清扫干净

如同雄狮来到人间世界

让我也脸面上增添光彩

让大地

在你的光芒中变得更加可爱

我也会迎接清澈的黎明

与你用心交流

得到又一次重生……

铁米尔库勒·玉米塔里耶夫
（一九〇八年至一九九一年）

　　诗人。出生于吉尔吉斯斯坦阿克斯区。一九二九年毕业于贾拉拉巴德师范学校。一九二八年开始发表诗歌作品。一九三一年至一九五三年在吉尔吉斯斯坦《吉尔吉斯斯坦少年先锋队》《列宁青年》《红色吉尔吉斯斯坦》等报刊担任编辑。卫国战争时期曾经奔赴前线，参加欧洲战场的多次战役。一九四六年担任《阿拉套》杂志主编。一生笔耕不辍，出版有数十部诗集和其他作品集。诗集主要有《诗歌集》《铁米尔库勒的诗》《花的故乡》《劳动之花》《有诗歌心不会老》《山花》等。其中有大量作品用俄文出版。曾为苏联作家协会会员，一九六八年获得吉尔吉斯斯坦"人民诗人"称号，诗集《山花》获得吉尔吉斯斯坦托合托古勒·萨特勒甘诺夫国家文学奖。

诗心永不老

有人读了我的书指责说：
"这个老头自不量力！"
这种冷嘲热讽刺伤我心
污水浇灌我头顶

浇就浇吧，我的诗歌如同妙龄少女
展示着世界的美丽
读着她谁人不把多情的曲调弹奏
谁不曾把爱人融入美妙的歌声中

吉尔吉斯人说：见过世面
野鸭翅膀的骏马[1]不知疲倦
我要说：如同白练般飘逸
少女聆听的诗心不会衰老

---

1 野鸭翅膀的骏马：比喻骏马奔跑速度很快，且有耐力。

没人这样想

世上没有不爱美女的少年

热情奔放燃烧着爱的火焰

没有人会记得你的存在

如果你对恋人热情对人生冷淡

难道青春只是荣耀的旗帜

仅仅为了点燃别人的情感？

男子汉难道不敢撸起袖子

不为人民的幸福冲锋在前？

如果你不在

大地黑暗月亮不在天上

大路漆黑没有你来陪伴……

我的心灵会变得幽暗无光

下班回家不见你为我开门……

我月亮般的爱人

请不要把我遗忘

请你不要

不要躲进云雾里

躲避我

让我神伤

青春的黎明

我那婴儿般天真无邪的少年时光
送给了你，亲爱的
我给了你
当你温柔地开门迎接我的时刻
大地天空的眼睛可以作证
星星眨巴着眼睛在苍穹
那火炭般发亮的眼睛可以作证

窗外的月亮偷看我们热烈亲吻
远处的山峦满心欢喜注视我们……
泉眼曾看见我们并肩携手前去喝水
那个地方至今让我难以忘怀
我们手牵着手忘我地飞奔
在草原花海中相拥翻滚

听到年轻同伴的嬉笑声脸色刹红
赶紧表白"我们去山谷采黑加仑"
那些日子如何能从记忆里淡忘
青草的丝绸在草原上随风摇摆把我提醒
"小伙子啊，不要心急，要深情地亲吻你的美人！"

闪烁的眼睛染过奥斯曼[1]的弯眉
我希望它们都能够保持如新

1　奥斯曼：中亚地区一种植物，专门用来榨汁描染和修饰女性的眉毛。

青春的黎明撒播美妙曙光
永远把黑夜阻挡在远方
我总是这样幻想："谁能有遗憾
少年时那些难忘的时光。"

居素普·吐尔逊别考夫
（一九一〇年至一九四三年）

诗人。出生于桐额区昆巴特西村。一九二二年进入突普区农业技术学校学习，一九二九年担任《红色吉尔吉斯斯坦》报校对员，后任该报部门领导、吉尔吉斯斯坦话剧团团长、吉尔吉斯斯坦《列宁青年》报编辑、吉尔吉斯斯坦国家出版社社长等。卫国战争时期参加苏联红军，一九四三年在卡列宁前线牺牲。一九二八年开始发表诗歌，一九三二年出版第一部诗集《居素普的诗》，之后又陆续出版《欢乐的青年》《祖国》《列宁的路》等诗集。除了发表大量诗歌外，他还发表话剧《除了死亡》（一九三九年）、歌剧《阿依曲莱克》（一九三九年）等若干部剧作。一九三四年加入苏联作家协会。有一部分作品曾被翻译成俄文等出版。曾翻译过普希金的诗歌。

春来了

冬天探过脑袋渐渐走远
怀着对古老牧村的依恋
白昼分分秒秒不断拉长
把温暖的阳光赐予生命

寒冬喘着粗气慌忙逃离
三月率领春的队伍到来
占领大地的污浊晦气
翻越大山悄悄地滚回家去

弥漫的黄色污水沿街流淌
哗哗之声表达着心中的忧伤
调皮的凉爽带着一股气流
寒冷在冬季可怜的冷风中颤抖

昂首挺胸的春天勇士现在哪里
你已经睡饱，到了伸展双臂的时候
应该为即将开始的劳动做好准备
不要羞愧，请把手大胆地挥动起来

牵来三岁母马配上耕犁
给它配好饲料喂饱苜蓿
开耕的农具要准备完备
黑色大地即将翻整耕种

行动吧，让人们看到劳动的乐趣

让懒汉们尽快苏醒

让灰色的麻雀在头顶上婉啭不停

就是要把你的劳动成果竭力赞颂

美丽新刺绣

阿拉套山伊塞克湖无限神秘
她的悠扬心曲你是否会聆听
如果你喜欢请你用心聆听吧
我会把她的故事讲给你听

阿拉套山曾几何时失去光辉
腐臭的阴霾聚集在她的头顶
无任何让人心动的魅力残存
悲伤痛苦无处不在满目疮痍

大风乍起，总是流向悲苦连天的地方
弹奏起悲惨的曲调泪湿衣裳
那些日子的真实境况就是这样
贫弱富强穷人受尽苦难忧伤

泉水沿着山谷倾泻奔流
哗哗流水弹奏出内心的忧伤
牧羊人站在两边的崖顶
高声呐喊打乱泉水的回响

摇动的牧草早已失去营养
只能解释疲倦的风蕴含的力量
逐渐地走向疲惫的终点
对生活的厌烦弥漫在胸膛

人们对创造财富不屑一顾

平原上辛苦的人们更显凄惨

对生活发出不堪入耳的诅咒

人们徘徊在劳动之外怨声载道

伊塞克湖涌动起滔天波浪

巨大的浪花将泡沫抛洒在岸上

不知道肠断销魂的苦痛来自何方

无忧无虑的白鱼在岸上跳荡

阿拉套山最终不堪忍受

愤怒地撕碎了悲痛的幕帘

伊塞克湖也喷出滚滚热气

表达出积压在心底的愤懑

岁月如梭那些日子已经过去

灿烂的阳光开始普照大地

较量中占据上风的阿拉套山

焕发出蕴藏心中的无限魅力

火车鸣响汽笛往返穿梭

肉眼无法跟踪它的身段

你说吧，我亲爱的兄弟啊

交错的铁轨不是刺绣又是什么

汽笛声是阿拉套山的崭新声音

它给我们带来了日出月落的新生

你说吧，不要撒谎说出真情

那是黎明到来，夜晚乱象渐渐退隐

听着那悦耳动听的神秘汽笛

人们在铁道上劳动挥汗如雨

昨天还赶着羊群奔忙于山间
我的同伴如今成为劳动英雄

你看吧，这就是阿拉套山崭新的锦绣
崭新的房屋崭新的人崭新的家庭
我手中崭新的笔啊你要一往无前
用虔诚之心把这一切细心描绘

觉马尔特·勃肯巴耶夫
（一九一〇年至一九四四年）

　　诗人。出生于托合托古勒区麻扎尔萨热村。一九四四年在为他所编写的吉尔吉斯斯坦第一部电影《玛纳斯的儿子赛麦台》挑选外景地时因车祸不幸去世，年仅三十四岁。他是一位充满爱国主义情怀的浪漫主义诗人，同时又是有成就的剧作家、儿童文学家和翻译家，是一位才华横溢的青年文学才俊。与此同时，他还是吉尔吉斯斯坦经典即兴诗人托合托古勒·萨特勒甘诺夫作品的搜集整理出版者和研究者。他的充满爱国主义思想的诗作对鼓舞吉尔吉斯斯坦青年走上前线积极投入卫国战争，在战场上激励战士们的斗志起到了不可估量的作用。此外，诗人歌颂工人、农民、教师的诗歌也是吉尔吉斯斯坦现代诗歌的经典。在他的有生之年，就有人赞誉他为"吉尔吉斯的普希金"，吉尔吉斯斯坦有很多学校、街道和文化设施都以他的名字命名，他的雕像也伫立在很多广场、公园里。

我的诗歌

我的诗歌为谁歌唱，

我为谁而心情激荡？

无论白天无论黑夜永不停止

百灵那婉转动听的歌喉为谁鸣唱？

我不会为金银财宝而歌唱

我不歌唱，为那贪婪的畜生

我歌唱艰苦奋斗的劳动精神

我歌唱纯洁的心灵和燃烧的青春

笔

打开心灵之窗

亮起你夜莺般的嗓音

如大海波涛汹涌

让你毅力倍增

抚慰我心灵的伤痛

挥汗抡锤的英雄

他们的勇气值得赞颂

心怀鬼胎煽风点火的小人

要将他们驱除干净

生　命

我仔细地审视生命的轨迹
过去的日子是这样的甜蜜
我要骑上风驰电掣的神驼
是否能追上并将那死神战胜
太阳不落夜晚不来该有多好
滴答的闹钟也最好停止步履
与人们分享美好欢乐幸福
生命的花朵永不凋落该多好

一位老人的话语

生命已走向衰老

儿童时光却永生难忘

生命已开始衰败

孩童时光永不再来

如同黎明盛开的鲜花

红彤彤的脸蛋变得苍白

启明星般闪烁的双眼

老泪横秋蒙胧模糊

青春啊，如果你在天空翱翔

我要变成苍鹰将你捕获

如果你悬挂在悬崖峭壁

我会毫不犹豫地扑向你

如果你在波涛翻滚的大海

我会像鱼一样游弋把你寻找

只要你在世界的某个角落

我都会变成鹏鸟飞向你

我要想尽所有的办法

请你告诉我你在哪里

青春啊，请你回返吧

让年老的生命童心重开

我的鲜血

我的鲜血沸腾无人能够控制
我的鲜血试图向天空伸展双臂
我的鲜血是毅力总会让美梦成真
我的鲜血真实从来不容忍谎言

我的鲜血公正无私不能够随便出卖
我的鲜血灵巧能干，辛勤劳作从不偷懒
我的鲜血旗帜鲜明热爱自己的同胞
我的鲜血纯洁无瑕永远不会腐臭糜烂

我的鲜血勇敢顽强为劳苦大众播洒
我的鲜血代表光明把公平大地照亮
我的鲜血就是工厂里的工人
我也伸出双手分享劳动的欢欣

一枝白桦

去年春天看见时你绿芽新吐

年轻幼稚比我还要矮小

今年看到你已经长高不少

身体茁壮枝叶繁茂

你快乐成长我也要努力

都在这繁花似锦的年景

让我们肩并着肩快乐成长

库巴尼奇别克·马利考夫
（一九一一年至一九七八年）

　　诗人、剧作家。出生于阿拉木丁区玉琪艾木盖可村。一九二六年参加工作并担任《自由的山》报社记者。一九三一年之后先后担任《红色吉尔吉斯斯坦》副主编，《苏维埃吉尔吉斯斯坦》报主编，吉尔吉斯斯坦作家协会秘书长、副主席、顾问等。一九二八年发表第一首诗歌《春耕》。第一部诗集《公平的牺牲品》于一九三一年出版。二十世纪五十年代曾与阿勒·托坤巴耶夫等人合作参与《玛纳斯》史诗综合整理本的编写工作，同时还曾参与吉尔吉斯斯坦国歌歌词创作。曾翻译普希金、莱蒙托夫、马雅可夫斯基、舍甫琴科等俄罗斯、乌克兰诗人的作品。一九三四年加入苏联作家协会。一九七八年因散文诗集《在高地上》而获得吉尔吉斯斯坦托合托古勒·萨特勒甘诺夫国家文学奖。一九六九年被授予吉尔吉斯斯坦"人民诗人"称号。还曾获得列宁勋章、红色劳动勋章等。

诗人的秘密

我放飞思绪在山顶上徜徉
心如一匹腾跳不羁的马驹

我放眼四周仰望天空
思想的火花在脑海中涌动
身不由己在梦想中徜徉
卷起袖子准备投入战斗

你看我们这个伟大时代
人如飞鸟在蓝天翱翔
心潮与浪花一起翻飞
叫我怎能不拿起笔杆赞颂？

时代发展速度如同飞鸟一般
难道我情愿被抛在它的后面？

强壮的男人追求第一
挥动双臂豪迈向前
成为时代夸赞的男子
犹如火车汽笛长鸣勇往直前

飞翔的思绪时而在海底潜游
时而又与沸腾的生活相伴
你完成的事业比不上月亮光明
那就不必得意自满放声叫喊
沸腾的思绪就是我的力量和勇气

在每一个豪气冲天的日子里

飞快的笔啊，请你书写诗篇不要迟疑
我的诗歌啊，请你展示我大海般的思绪
正是满腔热血跃跃欲试的青年
翱翔蓝天穿透铁壁又算什么？

如果你有炮弹般的力量
我的诗歌啊，请你跨越世纪永远向前

我要打开思想的大门
写出流传千年的诗篇
有熊熊燃烧的激情
何需用生命表达爱情

读者们啊，我也会感谢你们
当你们忘记了我的诗情
我不带着诗作走在悬崖峭壁上
怎能算是属于故乡的诗人？

什么事永记心间

某一次因故羞愧到无地自容
某一次因为喜事欢乐到极点
某一次如同多情的蝴蝶
向心仪的姑娘把爱情表明

那是你火热的十八岁年龄
痴心妄想自比强过二十五条生命
心爱的人出现在河边的时候
激动得心花怒放摇臂呼唤

珍贵甜蜜多情的火热生命
不羁的心，炽热的爱难以制控
年富力强欢乐无比光彩照人
比钢铁锋利比风还要轻

热伊坎·秀库尔别克考夫
（一九一三年至一九六二年）

　　诗人、剧作家。第一部诗集于一九三六年出版，第二部诗集却到一九五七年才出版。《关于大地的诗》《疯子水》《男孩女孩》等是其诗歌中广为流传的经典。他作为一位幽默讽刺诗人曾风靡一时，出版过《压狼犬》《公鸡》《狐狸与公山羊》《苍蝇与狼》《喜鹊与狐狸》《马和驴》《两只母山羊》等大量的寓言诗，并在这一领域有很多创新和突破。曾发表并被搬上舞台的剧作有《斗争》《坟地里》《阿依达尔》《仇恨》等近十部。

在牧马人家里

我始终无法完美地把你描述
无论我用何种曲调把你歌颂
不要生气，请让我留宿一宿
我拼尽全力才爬上这山顶

不用说话，我知道你是突击队员
牧草丰美，你牧放的牲畜如此肥壮
马奶如湖水般荡漾，请让我尽情畅饮
八十八匹白额斑点的小马驹拴在绳套上

只请你给我一个柔软的枕头
再给我盖上一件羊皮大氅
请你把天窗毡盖拉开
让夏季的雨水滴落到锅里来

白云将远处的山顶遮盖
太阳很快就会眨巴着眼睛出现
变幻的世界如同商队来去不定
大风将会把一切虏获吹散驱尽

酿马奶的皮囊气味诱人随风飘散
世间这难得的独特气味从哪里找寻
我忘记了满头白发和逝去的岁月
如同少年懒散地享受天伦

我心怀好奇不停眨巴着眼睛

感受到草原习习的凉风十分舒心
耳边传来窃窃私语的交谈
那是细雨绿叶对我进行议论

我不知道何时进入了梦乡
悠闲地沐浴在幸福湖中
忽闻远处传来牝马的嘶鸣
微笑着叫我从美梦中苏醒

牧羊犬

一

晨雾笼罩天气寒冷哭声凄惨
树木瑟瑟摇摇摆摆枝头折断
平时的袅袅炊烟也变得胆小
只从烟囱顶部稍稍冒尖
周边山野中传来阵阵狼嚎
山洞里棕熊在安稳地睡觉

二

朦胧的天空月亮很高很远
寒冷刺骨无论你看见看不见
院墙角躺着一条母狗
想要分娩但却极其艰难
那条狗最终产下了一只小狗
微微的吠叫声时续时断

三

那母狗不停地舔着幼崽给其加温
忽然转头观察是否来了牧人
她原始的母爱感人至深
咬住幼崽来到了房前门槛
似乎说"赶快打开门，孩子要夭折"
伸出腿不停地踢着房门

四

牧人打开房门向外张望
灰母狗摇晃着走入房中
双眼露出祈求的光芒看着牧人
把小崽轻轻地放在门旁

五

牧人对此早已习以为常
虽是畜生却十分高尚
"我今天为何不会冷落你，
因为你我同心协力看管牧羊。"

六

他妻子立刻起身点着油灯
拿起一只馕和油脂给狗呈上
嘴里不停地说出贴心的话语
两个人最终将狗崽围在中央

七

分娩的牧羊犬听懂人话心里明白
摆动着尾巴表达感激之情
微微颤抖的灰母狗眼眶里面
散发出感激不尽的光芒柔情
牧羊人却独自穿上皮衣拿起猎枪
打开房门默默地走出院门

图格里拜·斯德克别考夫
（一九一二年至一九九七年）

　　吉尔吉斯斯坦作家、诗人。为吉尔吉斯斯坦现代文学的奠基人之一。他的长篇小说《我们时代的人》曾获得苏联国家奖，并被翻译成多种外国文字出版，在国外亦产生广泛影响。二十世纪五十年代还曾被翻译成中文在我国出版。其诗歌创作也非同一般，诗歌作品在读者中享有较高声誉。曾获得吉尔吉斯斯坦托合托古勒·萨特勒甘诺夫国家文学奖，为吉尔吉斯斯坦科学院院士，并曾获得吉尔吉斯斯坦"人民英雄"称号。

回　眸

贪婪张开了欲念的翅膀
清醒吧，不要把伟人过分夸张
什么时候
张开臂膀
变成了天光出生的模样

脚踏大地，手中握着太阳？
人类渴望建造
伟大智慧的殿堂
人们每天艰难地穿梭
即便是希望十分渺茫
有时遇到长矛高的悬崖
你的臂展却不够长
有时如同顽强的幼鸟
振动你无奈的翅膀
扇动翅膀扇动翅膀
最终还是留在悬崖上
留在悬崖上……
伟大善良的大地母亲
吸收阳光的力量
我们大口大口地吮吸：
母亲的乳汁是大地的财富和遗产
人们啊，我们要节俭不要浮夸
不要老是把"乌拉"挂在嘴上
让我们展开竞赛迅速闯过
疯狂的生活险崖

变化无常随时背叛如同秃鹰

让我们砸碎这样的不公

我们要谦虚地求教大地和太阳

让它们欢笑着

将爱与力量赐予我们

人的自由，人的能力

就让大地和太阳来考验评判

大地之上太阳之下

飘动起幸运的丝带

让我们激发智慧尽心尽力

为后代建造出人间天堂

我的人民

过去执迷不悟固执己见
从身上割下肉也滴血不见
反披着灰色大衣碌碌无为
世纪轮换不为所动卧睡不醒
世界上数我的人民最擅长睡眠

过去在马背上骁勇善战
面对强敌奋勇向前
青石上磨亮金刚宝剑
临危不惧顽强不屈高呼呐喊
世代没有安宁是我的人民

过去桀骜不驯不畏艰险
用沙子般丰富的语言表达情感
有自己警告自己的神圣箴言
"我们老实巴交绵羊口中不夺草。"
世上最信实的是我的人民

把历史刻在石头藏在沙里
人生乐趣弹奏乐曲背诵诗行
史诗演唱连续数月不会结束
只要行动就会找到和平的曙光
世界上智慧机敏的是我的人民

阿布德热苏勒·托克托穆谢夫
（一九一二年至一九九五年）

　　诗人，出生于凯敏区。一九三一年毕业于塔什干中亚水利技术学校，一九五二年毕业于伏龙芝（今比什凯克）师范学校。一九三二年至卫国战争开始，先后在《农庄生活》《红色吉尔吉斯斯坦》《列宁青年》等报刊当编辑。一九五三年至一九五七年在《阿拉套》杂志任编辑。一九三六年出版第一部诗集《英雄们》。一九六五年出版韵文体长篇小说《金山》并多次再版，并因此于一九六八年获得吉尔吉斯斯坦托合托古勒·萨特勒甘诺夫国家文学奖。此外，还出版《喀克夏勒来的信》《目标》《献礼》《我的祖国》《自由诗行》《年轻的朋友》《阿拉套的传说》等长短诗集数十部。一九三九年加入苏联作家协会。一九七二年被授予吉尔吉斯斯坦"人民诗人"称号。

乡下人

沉稳小心不擅出头露面
自从来到这个世界
所有古怪离奇的想法都与他无关
没有万千思绪
没有辗转难眠
善良是唯一本能
心平气静的乡下人

撒出的是麦粒不是子弹
让城里人品尝到白面馕的滋味
地上种的不是地雷而是甜菜
家家户户的餐布上摆放着蜜饯
让大地山谷披上锦绣鲜花
都是这些勤劳勇敢的乡下人

用心牧放牲畜开垦种田
在劳动的艰辛中感受生活的内涵
为了美好的生活不懈努力
用智慧改善生活取长补短
家家户户飘出馕饼的醇香
有谁比农民更加可爱

我从乡下出发怀揣梦想
你们的愿望似乎已经实现
我已经不再自惭形秽
太阳神也赐予我一个福分

我不想隐瞒真实

我要向你们致敬，向你们致敬

你们是我的翅膀扶持我飞翔

回巢时你们是我的依靠

昂首挺胸面对敌人

绝不会向他们谦卑鞠躬

有你们

我就充满力量

没有你们

我不能开怀大笑

没有你们

我不能无忧无虑地延续自己的生命

给同伴的信

你是人民的儿子
需要有责任和担当
你病愈了吗
是否脱离了伤病的魔掌
一年到头躺在病房
亲爱的你啊
一定时刻思念着大地土壤

太阳从朦胧中露出笑脸
我们何时才能摆脱危难
我们是欢乐中一起成长的发小同伴
分享每一串葡萄每一块饼干
我们自由快乐如同翱翔的山鹰
哪里知道战争的残酷和苦难

月黑风高
我正在站岗放哨
竖耳静听
睫毛都不敢眨一眨
先前那母乳般的睡眠早已离我而去
曾经学会的吉他曲目也已经忘干
男儿都送上战场
家乡和亲人早已和安逸诀别
我也来了，经历了一番训练
出发时你听过的叮嘱我又聆听了一遍：
"出发，我的雏鹰

去与敌人面对面决战，不要让敌人的脚印

烙在家乡的土地上

勇敢地迎面出击吧

将他的肺部打成筛网。"

这就是人民的希冀

这是神圣使命

你的行为已经给予证明

为了接续完成这个命令

我们会很快接替你们

出发的一天总会到来

我们出发

去完成人民交付的神圣使命

我们会见面

总有一天

法西斯的脊梁会被摧毁殆尽

两页书

沉思，注视着她的容颜
我在阅读书籍，神奇的书籍
睁开眼就被她俘虏，耐人寻味
书页永远敞开，永不褶皱

啊，多么美妙，这书是如何写就
书页里承载了多少内容
创作出这永恒的书籍
何人何等才智如此聪明

自此书出现以来
人们对她痴迷而陶醉
在阅读中死亡却读不完她
无人能将她合上

人们踏着她的书页维持生命
还没有读懂一个诗行却终结生命
每一个字符在四季中更新色彩
却永远保持自己深厚的内涵

斑驳的白昼黑夜交替反复
阅读着她人们有时神幻迷乱
挥动战刀彼此相互残杀
仅仅为了争夺这本书的一个字符

这本书里：动物人类混杂而居

如此珍贵的书籍是谁的馈赠

我阅读她，反复阅读从不厌烦

这真是命运中难得一段机缘

我如何能够将她舍弃

除非死亡，绝不会停止欣赏

我会去哪里？失去她我就会气绝身亡

无论你乐不乐意：我都将倾诉我的思想

书中的内容连一行我都不能清晰解读

我无能为力，请不要丝毫怀疑

她可是自然诞生的神奇书籍

只要能够看着她就是生命对我的厚意

我要阅读，这种书籍哪里找寻

高山雪峰、大海涛涌、河水咆哮

绿色森林、草原无垠、湛蓝天空

这种书籍还能从哪里找寻

有何种奇幻不在你眼前呈现

绝不会容你有半点失望和悲叹

我的食物、我的空气、我的光明

不阅读她我每时每刻不得安宁

其中一页是大写字母的太阳

另一页却从天上给人间播洒光明

这巨大的两页书籍啊

为世人赐予多少幸福和美妙时光

一页上星星眨眼月亮撒娇

另一页如同锦绣令人无限神往
这本书到底是何人创造
人们在享受中思绪飞翔

这本书无人能够翻新重写
你想到想不到的都能在里面找到
这本书永远保持完美的自己
她就是大自然神奇的馈赠

阿勒库勒·奥斯莫诺夫

（一九一五年至一九五〇年）

　　诗人、翻译家。出生于潘菲洛夫区喀普塔勒阿热克村。一九二九年至一九三三年在伏龙芝师范学校学习。一九三七年至一九四〇年担任吉尔吉斯斯坦作家协会秘书。一九三〇年发表处女作，一九三五年出版第一部诗集《黎明的歌》。之后又先后出版《星星般的青年时光》《爱情诗集》《为了孩子》《我的故乡是诗歌的故乡》《新诗集》《故乡》《俄罗斯》《儿童与仙鹤》等多部诗集。他的多部作品曾被翻译成俄文、英文、爱沙尼亚文、哈萨克文、日文等发表或出版。还曾创作出版《茹克亚》《乔勒潘拜》等剧作。他所翻译的格鲁吉亚史诗《虎皮勇士》在吉尔吉斯斯坦广泛流传，堪称经典。曾为苏联作家协会会员，曾获得卫国战争英雄勋章等多个荣誉勋章。一九六七年吉尔吉斯斯坦首次颁发吉尔吉斯斯坦列宁共青团奖时，对他追认颁发了该奖的第一号证书。一九八六年，吉尔吉斯斯坦开始设立以他名字命名的文学奖。一九九〇年，在他七十五岁诞辰纪念活动举办期间，吉尔吉斯斯坦政府在其故乡以他的名字建起了一座国家文学纪念馆。目前在吉尔吉斯斯坦国境内以他的名字命名的学校、山岭、文化设施多达二十个。

无　题

一

我宁愿放弃生命也不会放弃诗歌，
没有诗歌的生命空虚而颓废
我敢对造物主说谎千次
却不敢对我的诗歌说谎一次

二

写出一首好诗
我亲吻着它的脚掌为它送行
写不出好诗
我痛苦地泪流湿襟
烛光陪我创作诗歌
我幸福
影子也伴随我感受幸福

致生命

劲风吹走了湖面的污浊
我的生命顿时变得湛深清澈
岁月流逝青春时光逐渐远去
你却变得愈加迷人而珍贵

如同果树不愿放弃自己的果实
我茁壮成长，对未来充满希冀
啊！童年时光，你是多么美妙
犹如天鹅振翅充满力量

我走向远方，满怀希望
展翅翱翔，不畏任何险象
啊！少年时光，那是多么幸福的时光
如同燕子翅下流动的风浪

我笑对人生永远双眉舒展
绝不让杂念占据我心房
生命是何等光洁而充满灵性
如同春季淅沥滴答的雨滴

我敞开心扉，认真聆听
对朋友忠诚不留私心
生命时刻焕发青春的活力
如同新的生命时刻诞生

让后辈了解我们歌颂我们吧
铭记在心不必竖起碑铭
未来就是永恒的生命
让后人永远繁荣昌盛

阿依曲莱克的白隼鹰 [1]

在阿尔帕 [2] 的深山里
有白隼鹰栖息的巢穴
这千真万确丝毫不假
我也曾踏足那神界秘境

赛麦台放飞手中的隼鹰
被阿依曲莱克巧妙捕获
从此那神隼永生不死
传说它一直存活至今

远古的传说丝毫不假
白隼鹰的时代已经到来
展翅翱翔的钢铁大隼
如今随白云在蓝天穿行

驾驶那大隼是何人
正是阿依曲莱克的子孙
社会主义时代的飞机
就是古代的翱翔蓝天的白隼

1　指英雄史诗《玛纳斯》第一部主人公玛纳斯之子赛麦台的隼鹰。阿依曲莱克为其仙女妻子。
2　阿尔帕：吉尔吉斯斯坦地名。

我是一条船

我是一条船，早早到达终点
坚韧不拔，勇往直前
光着脚丫的快乐童年
我早已舍弃在一望无际的大海彼岸

我是一只鹰，展开翅膀飞回起点
在刀削般的悬崖上捕捉猎物
热血而任性的少年时光
我早已丢弃在高山之间

不珍惜金子般的美妙时光
不知道岁月荏苒，人生短暂
没有亲吻欣赏它美丽的脸庞
却随意将其殴打和抛弃

人生如梦，生命总有终点
我们曾在一起亲密无间
快乐的童年留存永不褪色
还在那朦胧的远山之间

英雄母亲

没有太阳不会有大地和月亮
没有月亮生活将黯淡无光
七月的深夜做好杏木摇床
英雄母亲就像分娩星星的月亮

没有湖泊风，不会给大地添彩
没有大地，哪会有果实和生命
秋季来临：用柏木做好摇床
英雄母亲如同赐予生命的大地

我们的时代是英雄辈出的时代
英雄们吮吸着母亲的乳汁
孕育出十一个雪豹似的儿郎
绝不是凡人能够想象

请呼唤吧！我想见一见您的儿孙
英雄母亲我也如同您孕育的亲人
我崇拜您真正母亲的魅力
请允许我在您额头献上我的轻吻

三十岁

是啊，生命如此急促而短暂
命运如此，谁也不能超出它的期限
它的短暂我可以忍耐
它如同子弹转瞬即逝却让我忧烦
三十岁，它昨天还不曾出现在远山之巅
今日它却骑着灰马出现我眼前

它矫健敏捷快马加鞭
如同看准了目标预订好住店
如果它已经预订好投宿的店门
人们为何如奔腾的河水川流不停
我的生命也一刻不停随波逐流
健步如飞冲向这没有终点的路途

今天豪情万丈，把昨天的情景遗忘
昨天尽情享受，哪有心思放飞明天的遐想
我毫不顾及欺骗我的青春
犹如死亡将我拿捏在手掌
多少岁月已经无声地流逝
一切好像刚刚发生便转瞬即逝

我看到了时间魔鬼阴险狡诈的嘴脸
可怜的生命柔弱而如此无助
生和死之间的这一片天地
它是多么美妙多么纯洁无瑕
天地之间没有任何缝隙

早已经塞满鼓鼓囊囊

青春时光珍贵而美好

昂贵无价胜过金银与珍宝

我有心在其额头上再亲吻一下

它却没有停留，我也无力掌控

想从满怀硕果的三十岁回返

强大的命运却无法让你实现

我想重返三十但又能得到什么

多愁善感的十八岁早已不在眼前

三十岁太短暂……延长了你就该欣喜若狂

与其哀叹生命短暂不如抓紧健康

活着时要向死亡发出攻击拼力抗争

为了人民多做贡献让死神付出代价

那匹年龄的灰马已经走了很久

腾跳不羁毫不顾虑往前飞奔

崎岖坎坷中它也会误入歧途

催促的皮鞭却不停地落在它背部

逐渐隐入无边无际的朦胧之中

背影越来越模糊直至消失

停一停吧生命，停一停，你停一停

你眼眶深陷脸颊蜡黄血色消尽

你不听规劝那就远去吧，消失吧

这个时代要比你更加强大更加迷人

我要重生十五次不断反复

我要享受青春十五次全力以赴

是啊，生命如此急促而短暂

命运如此，谁也不能超出它的期限

它的短暂我能够忍耐

它如同子弹转瞬即逝却让我忧烦

三十岁，它昨天还不曾出现在远山之巅

今日它却骑着灰马出现在我眼前

纳斯尔丁·拜帖米尔绕夫
（一九一六年至一九九九年）

诗人、作家、剧作家、翻译家。出生于楚河州。吉尔吉斯斯坦现代文学的奠基者之一，二十世纪吉尔吉斯斯坦诗歌的代表性人物之一。一九八六年被授予吉尔吉斯斯坦"人民作家"称号。第一部诗集《故事》出版于一九三九年。此后出版的诗集主要有《有翅膀的日子》《多兰》《爱情诗》《爱的春天》《我的爱情我的翅膀》等。他还曾出版过中篇小说《好汉们》，长篇小说《喜庆》《最后一颗子弹》《茹克亚》《生活》等。其中，在《茹克亚》中现代吉尔吉斯妇女崇高的爱国主义精神和顽强不息的吃苦耐劳精神得到生动的展示，成为现代吉尔吉斯妇女的经典形象。作品被翻译成俄文、乌克兰文等出版。他还曾翻译过马雅可夫斯基、莱蒙托夫、纳瓦依、聂鲁达等不同国家诗人的诗歌。一九八四年凭借《我的爱情我的翅膀》获得吉尔吉斯斯坦托合托古勒·萨特勒甘诺夫国家文学奖。

日历的一页

不是果实能够被随意采摘
撕下一页，一天就这样消失
这一天将永远不能重新回返
我丢失了！还能从哪里找回？

一天就这样从日历中走失
但我却陡然学会了理智
也许这走失的日子
却成了给我增添智慧的标志

没有走失假如它永远停留在原地
我也不会长大，但那太可悲
走失的日子就是日历中撕去的一页
我会不会依然逐渐长大成熟

一页纸张从日历中走失
却夺走了我人生中的一天
我奋勇向前永不停步
即便是留下人生的最后一天

一天的日子从我的人生中剥离
但是我却对它不知不觉
我从日历的一页里有所发觉
一天的生命离我而去被甩在后面

日子断裂了，我却安然无恙

那就是我健康的象征和标志

如果能够自己裁剪人生日历

我会让死神千年之后才来临光顾

爱　情

你注视着我，我隐入了你的眼睛
难道我就是这么小的一个人？
如同遇到烈火的小树枝热泪盈眶
我的身体难道全部由泪水组成？

默默无语，舌头的功能早已失去
难道我的舌头在嘴唇里已经消融？
我从你身上找到了我的爱情诗行
它们跳出了我正在流泪的心脏

你用明眸中燃烧的火焰
瞬间就将我点燃，让我失魂落魄
那就是我苦苦等待的爱情
如同蜂蜜进入了我的血脉流淌

希望我的朋友……

希望我的朋友……
不要把"帮了你"挂在嘴上
慷慨大方从不吝惜自己的善心
这样的朋友很难找寻
人世间偶尔才会出现

如果我的朋友心藏耀眼的太阳
我定会脱离万千忧烦和神伤
如果有这样的朋友陪伴在身边
即使敌人四面围攻又有何妨

希望我的朋友宁愿为我献身
一心一意从来不对我说谎
偶尔听到有人随便说出"朋友"两字
我对此勃然大怒忍无可忍

朋友这名字多么神圣而伟大
如果能够名符其实地履行
这样的朋友我也会铭记在心
如同我的头颅一样把他尊敬

米丁·阿勒巴耶夫

（一九一七年至一九五九年）

　　诗人。出生于朱木尕勒区恰叶柯村。二十世纪三十年代初进入伏龙芝师范学校学习，一九三六年至一九三八年曾在《列宁青年》报社担任编辑。一九三八年至一九四〇年参加苏联红军。一九三七年出版第一部诗集《幸福的青年时光》，然后又陆续出版《诗歌集》《猎人故事家》《新诗集》等二十余部，还出版讽刺诗集《打喷嚏》。曾翻译过普希金、莱蒙托夫、马雅可夫斯基的诗作。一九三九年加入苏联作家协会。

无　题

不要折磨我，如同内心的创伤
不要脉脉含情看着我
这会让我更加悲伤
微笑吧，眨动你神秘诱人的睫毛
相思的煎熬已经将我久久缠绕
你默不作声郁郁寡欢
就像刚刚停止苦恼的少年

告诉我吧，亲爱的

谁不采撷闻醉美丽的花卉
我每天有意无意走过你窗前
如同祈求施舍的无助乞丐
亲爱的，告诉我吧
我何时会停止思念

你完全占据我心，遂心如愿
随意摆弄我，自己却远在天边
偶然间的嫣然一笑让我迷茫
我却不知你怀揣怎样的心愿

草原之水

阳光融化了皑皑冰川
雪水无声渗入沙漠荒滩
树木郁郁葱葱，花海飘香
吮吸着清澈的水，万物生长

极目处泉水淙淙洁白如雪
草原之水甘甜神奇沁人心田
甜蜜的泉水如同榨出酥油
生命的活力在河石间不停地跳跃

给 你

夏日的夜晚
空气清新，明月当空
我们在果园里走了好久好久
你最后提出这样的请求
"好了吧！午夜了，我们该回去了吧！"

你说着停下脚步注视我
伸出手来意欲同我告别
"保重吧！"你紧握我的手
一股暖流刹那间涌上我心头

我拥抱了你，紧紧的不想放松
你也贴近我不愿离别
为了不让你过度紧张
我只好亲吻你衣领上
插着的鲜花

努尔卡玛勒·杰特喀什卡耶娃
（一九一八年至一九五二年）

　　诗人。出生于索库卢克区基拉木什村。一九四一年毕业于莫斯科卢那察尔斯基艺术学院。曾担任话剧演员。处女诗作发表于一九三七年，一九四九年出版第一部诗集《燃烧的火焰》，后来又出版诗集《嘹亮的祖国》。诗人去世之后，其余一些诗才结集出版，主要有《努尔卡玛勒诗歌集》《努尔卡玛勒》等。一九五八年出版俄文诗集《我歌颂十月革命》。一九四六年加入苏联作家协会。曾获得过卫国战争胜利勋章。

儿童时代

孩提时代我的心如同飞蓬
长在果树环抱的草地上
用各种花草制作家什并"结婚"
抱着布艺玩具的时光历历在目

当时都是像我一样的青春少年
如今却已变得苍老秋黄
当时的游戏，当时的心境和青春
早已离我远去不在身旁

岁月年轮送走了一茬又一茬
孩提时代早已远去永不回返
金色的童年为何不能重返回头
让童年时光重又回到我身旁

照 片

秒针滴答不停，我心亦如此
驿动的思绪早已冲到九霄云外
我坐着，照片就在我面前
它也静静地目不转睛盯着我看

透明的玻璃将照片遮盖
好像是有意阻断我们的话语
画面中决意往前倾斜的身体
似乎从远方在向我伸出手臂

顽强和坚毅是心中涌动的勇气
为了荣誉即使牺牲也在所不惜
眼神锐利，青春洋溢，思想活跃
不知照片拍摄于何时何地

胸前挂着勋章肩上戴有肩章
让人想起残酷的战斗岁月
也许他也没有将我遗忘
就是在这样的时时刻刻……

当你在我心中时

当你在我心里
无论我多么繁忙
我从不会感觉疲劳

当你在我心中
即便是通宵达旦
我也不会有一丝睡意

当你在我心里
在情感的驱使下
我笑脸常在从不会忧烦

当你在我心中
火焰般燃烧的心
写出抒情的诗篇

铁妮提·阿德谢娃

（一九二〇年至一九八四年）

　　诗人。出生于桐额区昆尼奇格什村一个农民家庭。一九三七年毕业于伏龙芝医科学校，一九四二年毕业于吉尔吉斯斯坦国立民族大学语言文学系。一九四七年发表诗歌处女作，一九六一年出版第一部诗集《我的时代》。诗人的诗歌充满对祖国、故乡、时代、生命的赞颂，反映了时代的呼声。她将过去和新时代变化通过妇女们的命运进行深刻的展示，充满强烈的现实主义色彩。一九六一年加入苏联作家协会。出版的诗集主要有《光明的世界》《运气》《思》《我的日子》等。一九八〇年被授予吉尔吉斯斯坦"人民诗人"称号。

思　念

未来的岁月神奇迷人让人期待
此时此刻也是人生沸腾的长河
新生儿来到人间光芒闪闪
有人告别我，人世也是人生的规则
欢笑让心胸舒畅
有时候也会陷入痛苦悲伤
希望与我牵手，在未来的路上等待
我却把思念献给了过去
但愿来年新生事物多于失去的
未来让我们深深思念

冰冷的手

把冰冷的手伸进我的被窝
衰老悄然而至让我神伤
昨天与我分享青春的美好
同龄人比我还要黯然神伤

推开如同虱子般纠缠我的衰老之手
我请求让它来得慢一点
不希望看到我衰老的人们
如今比我还要忐忑不安

将长长的指甲扎入我身体
衰老已经从被窝边沿进入
牢记我青春美妙时刻的人们
暗自神伤送来吝惜的目光

父　母

回到故乡，故人们来到眼前
思绪万千如同暴风雪弥漫
重回过去的时光
找到了父亲留下足迹的路径

悲情涌上心头
如同思绪的网彼此交织
我低头寻找却悲伤涌动
终于找到可怜的母亲走过的路径

条条路途长短曲折
如同历史如同铭文永存
亲爱的父母曾从这条路上走过
背负着生活的沉重负担

父亲走过，母亲着急
时不时停下来歇息
即使这样也会感到无限满足
真心地赞颂生活的美好

父母亲在这条路上走过
背负重大的负担和神圣的责任
即使这样他们也歌唱生活
勇敢地面对任何艰难与不幸

逝者的村庄

在活人的村庄里并肩而行
欢声笑语幸福无限
多少位同龄人已经搬迁
昨天还生活得自信满满

逝者的村庄列成一排
岁月剥蚀了陵墓的边角
用眼泪浇灌过的盆盆鲜花
在阳光下早已经枯萎凋零

我穿过逝者的寂静村庄
悲痛的思念已经伤到心脏
早晚我也会是村庄的一员
我为何还要把他们思念

苏云拜·耶热利耶夫
（一九二一年至二〇一六年）

　　诗人。吉尔吉斯斯坦人民英雄。出生于塔拉斯州玉琪艾穆切克村。一九四〇年中学毕业之后不久加入苏联红军并参加卫国战争。卫国战争结束后担任塔拉斯州《列宁之旗》报社秘书，之后担任《吉尔吉斯斯坦少年先锋队》主编。一九五九年至一九八五年先后担任吉尔吉斯斯坦作家协会秘书长、诗人联合会主席等。一九六五年至一九六七年曾在苏联作家协会进修。一九三九年开始诗歌创作，一九四九年出版第一部诗集《第一次的呼唤》。之后出版的诗集有《故乡》《夜晚的秘密》《群山》《牧村的歌》，长诗集《阿克摩尔》《遨游星星》等，约计三十多部。作品曾被翻译成俄文、南斯拉夫文、乌兹别克文、塔吉克文、哈萨克文等。他还曾翻译过俄罗斯诗人特瓦尔多夫斯基、印度诗人泰戈尔、乌兹别克作家阿依别克、德国诗人席勒等人的作品。一九四八年加入苏联作家协会，一九八一年获得苏联法捷耶夫文学奖，一九八六年获得吉尔吉斯斯坦托合托古勒·萨特勒甘诺夫国家文学奖，一九九八年获得哈萨克斯坦江布尔国际文学艺术奖。

冬天的寓言

我带着你出门

走到大雪肆虐的街上

哦，那是我们最后的夜晚

我深深地爱着你

尤其是你裹着飘飞大雪的身影

你点缀白花的深黑色大衣与大雪绝配

如同白色的鲜花盛开

要不就是即将隐去的

点点星星

挂在空中一闪一闪

抑或是如同丝绒的天空上撒满珍珠

裁剪成大衣被你穿在身上

白色的雪花配上你的衣装

我爱着你，注视着你迷人的身姿

哦，那是多么美妙的夜晚

我们手挽手漫步在大街上

我忘记了

当时是午夜的几分几秒

在一棵灯光映照的松树底下

我们停步站住向彼此转身

你的衣装在雪花的映衬下

让我想起

初升的阳光下

多姿多彩的草原舒展身姿

草尖上露水闪烁如同珍珠

你的眼睛深沉默默闪光

犹如世间所有的美丽

都汇聚凝固隐藏在其中

为了描述你当时的美丽

我环顾四周寻找适合的意象

不远处好像真有一个模糊的身影⋯⋯

"请停一停！"没有听见

快步赶去

摇动着睡梦中的松树

哦！我当时为你的美丽眩晕

而当时的你

就像那天的雪一般纯洁⋯⋯

我回过神来回转头

你美丽的身姿已消失不见

我高声呼喊

不停觅寻

最终却在失落中绝望

大雪裹挟着你

不知走向了何方⋯⋯

我依然不停地寻找

幻想着

你是与我玩捉迷藏

看到人影以为是你

最终却是一种虚影的幻想

躺在雪地上

对着我搔首弄姿⋯⋯

我绝望地摇摇晃晃

独自一人留在空旷的街上

哦，那是我们的最后一个夜晚

最后一个夜晚⋯⋯

献给苏联人民演员布比萨拉·别依仙阿勒耶娃[1]的纪念雕像

演奏起来吧，交响乐队

响起来吧，交响乐曲

如同三十条河

汇流于一个河谷

岁月啊

请你放弃无知和愚钝

把老人们的青春还给他们

昨天的青春乐园如今在哪里

昨天那肆虐的风在哪里

把它还给我吧

只要一分

哪怕一秒

灯光熄灭吧

幕布快拉开吧

舞者自会释放出光华

瞬间就会把人们的眼光俘获

每一双眼睛都在静静地急切地等待

多少种心境

多少种期待

1　布比萨拉·别依仙阿勒耶娃：吉尔吉斯斯坦著名的芭蕾舞演员，苏联人民演员，吉尔吉斯斯坦人民演员。

都变成地毯铺在她脚下……

啊！出来了！就在那边

从舞台的后面。

洁白的前额

如同晨曦光芒四射

还剩什么

还有什么

只有"我们多么自由"的呐喊

舞者用舞姿做出回答

那舞蹈是用多少泪水浇灌

哪一种语言不想将这个时刻描述

哪一种油彩不想将这舞姿描绘

它的神奇

是你还是我

还有谁

不被完全折服

跳吧，舞者

演奏吧，乐队

在这深秋季节我们重返迷人的春季

如同春天里绽放的花朵

邀请布比萨拉重跳一曲吧

让我们把爱

让我们把祝福送给她吧

只求她用一分钟的舞姿满足我们的渴求

布比萨拉在舞蹈

如同我们赞美的诗行

"是仙女

还是凡人难以区分

如同旋转中凝固的旋风"

灵巧的双脚轻轻点击地面

轻盈地飘逸舞动

如同风中的飞羽……

然后又缓慢地抖动

雪白的玉臂

如同振动的双翅……

布比萨拉在舞蹈

交响乐奏响

浑厚壮美的乐曲

乐队奏响吧

那动听的"巧丽潘"[1]曲目

那个巧丽潘不是巧丽潘

这才是真正的巧丽潘！

流动的乐符

身体的音乐

不是耳闻但需要目睹

我们凝固如铅

早已在美妙中陶醉

奏起吧，交响乐

响起吧，美妙的乐曲

布比萨拉在尽情地舞蹈

所有目光在舞者身上聚焦

所有的情感把舞者环绕

起舞吧，起舞吧

---

1 巧丽潘：在吉尔吉斯语中为启明星之意。

让我们的生命延长

让这美妙时刻重复千遍吧

我们还在贪婪地渴望

跳吧，舞吧，布比萨拉

布——比——萨——拉……

这个名字在大厅中久久回响……

穆萨·江卡兹叶夫
（一九二一年至一九九七年）

　　诗人。早年曾任地方共青团书记，后在《列宁青年》《阿拉套》等报刊任编辑。一九六六年起担任吉尔吉斯斯坦作家协会执委。第一部诗集《孩童时代》于二十世纪五十年代出版，之后又先后出版《草莓》《幸福之花》《故乡》《自豪》《镰刀和锤》《在伊塞克湖岸》《友谊的花园》《和平峰》等数十部。其中有二十余部被翻译成俄文出版，有些还被编入中小学课本中作为教材。诗歌内容丰富，关涉到社会的方方面面，多侧面反映了吉尔吉斯人民丰富多彩的生活，表达了诗人热爱祖国、热爱生活、赞美生活、赞美故乡、对未来充满希望等情怀。一九五一年加入苏联作家协会。曾获得吉尔吉斯斯坦及苏联多项荣誉奖章。

两个伙伴

一个追着一个跑
如同猫和老鼠的游戏
彼此串联从不分离
来回穿梭恰似蛇一条

没有入耳的响动
两个伙伴却同声歌唱
没有人类的腿脚
两个伙伴却不会停歇

两个伙伴工作很多
牵手奔跑彼此关照
不是大象却力大无比
从不衰老永不疲劳

布料上不停地游走
丝绸上绘出锦绣
让人们惊叹不已
它们的技艺非凡无比

"这两个伙伴到底是谁？"
询问的人缝出衣裙
它们永远不离不弃
这对伙伴名叫针线

馕的味道

刚出炉的烤馕气味
带着夏日的温暖
馕多了是家庭的福运
是一双双脸蛋的润泽

刚出炉的馕的味道
是农民劳动的成果
如同人民的心声血脉
是大地上的生命矿藏

刚出炉的烤馕气味
是诗人创作的新诗
如同和平鸽般可爱
是英雄的能量之源

刚出炉的馕的味道
是故乡的亲切问候
所有人无一例外
自古就将其珍爱

夜晚最有趣

云彩如同帆船在浪里颠簸

根本不把高山森林放在眼里

苏萨穆尔[1]的风调皮地拂过脸颊

就像给婴儿喂乳汁的母亲

月亮从远山探头把我嘲笑

用北斗七星的光亮照射我

银河中无数颗星斗

恰似拴绑马驹的排排绳套

洁白的毡房传出幸福的欢笑

可能是久久渴望的爱情得到了补偿

房主人喁喁低语说个不停

新郎新娘沿着河岸奔去

到邻居的毡房请安问候

戴着星星穿成的珍珠

有人不知夜晚的美妙情趣

头上戴着月光的头巾

1　苏萨穆尔：吉尔吉斯斯坦地名。

特莫尼拜·拜扎考弗

（一九二三年至一九九二年）

诗人、翻译家。出生于苏扎克区博凯依村。一九四二年参加苏联卫国战争，身负重伤后回到故乡。一九五四年毕业于吉尔吉斯斯坦国立民族大学语言文学系。一九四六年开始发表诗歌作品。他曾创作大量抒情诗歌，一九六八年出版第一部诗集《仙女》，之后又陆续出版《在我们这边》《我在雪地上给你写信》《时代的足迹》《一直想念你》等二十余部诗集。《十八岁》《阿拉套山》《母亲在等待》《我向你递出鲜花》《找到心的花朵》等大量诗歌被配上乐曲，在民众中广为传唱。他曾尝试用东西方诗歌中的各种文体进行创作，比如四行诗、六行诗、八行诗、十四行诗等，并多有建树。曾翻译过很多著名苏联诗人的诗歌，曾获苏联法捷耶夫文学奖。

吉尔吉斯的土地

当阿拉套山戴上白色毡帽

山峦顶着湛蓝的天空

我也上路去迎接黎明

敞开胸怀拥抱那山峰和曙光

多么伟大,吉尔吉斯的土地从光里诞生

多么美丽,吉尔吉斯的土地在歌里诞生

伊塞克湖啊,你是大地的眼睛山峦是眉毛

山坡是你的胸膛,森林是你长发飘飘

波涛汹涌的河流是你的血脉,冰峰是你的王冠

每一块石头都是你珍珠般的纽扣

心胸开阔花团锦簇,吉尔吉斯的土地

阳光明媚富饶美丽,吉尔吉斯的土地

星星从天幕中隐去的时刻

当光明亲吻大地美貌的时候

湖面上浪花翻腾,山峦敞开了心扉

心胸明亮,黎明从睡梦中苏醒

美轮美奂,我的吉尔吉斯大地

如同父母的情怀温柔地随风而来

岛　屿

千万年延续生长的岛屿
慷慨地护佑了无数生命
人们视她为美好的象征
远离丑恶保持着圣洁之身

千万年平安无事健康成长
千万年保持繁荣没有干涸
多少岁月在她面前变得苍老
夺命的猛兽也不曾踏足栖身

波涛汹涌直冲天际
黎明的曙光静静地把她眷顾
永远保持叫人迷恋的圣洁
拒绝世间的一切污浊和隐晦

海鸟在空中翻飞翱翔
海鱼在深水中穿梭游荡
从不吝惜白浪翻卷的海水
哗哗冲来将岸边的沙滩洗濯

绿色山岗的飞蓬纷纷前来
低头弯腰向你表达致敬
海那边乘凉的各种动物
留下一串串清晰的脚印

候鸟们迷恋着你春季飞来
纷纷在你的浪花峰头上起落
有些鸟儿恋恋不舍不愿回返
在蓝色的梦中找到了自己的归宿

帆船在你的胸怀里驰骋
如同蓝天上月亮伴随白云飘荡
飞鸟们遮天蔽日来自四面八方
将水珠穿成晶莹的项链戴上

现在看来那片海水消失了一半
治愈各种忧烦痛苦的魅力早已不再
那座岛屿已经变成了一片沼泽
如同病入膏肓之人没有未来

发生了什么？是谁让你枯萎？
发生了什么？是谁让你痛苦？
发生了什么？是谁给你盖上了
这污浊不堪黑色阴暗的大头巾？

广阔的空间静静的没有回响
蓝色的海浪如今已被盐山阻挡
失去往日风采的美丽岛屿
让游客泪湿眼眶暗自神伤

岛屿会不会恢复往日丰姿？
岛屿会不会重现过去的景致？
抑或这贪婪无耻的时代如同恶蟒
将岛屿最后一滴鲜血也无情地吞噬？

我在哭泣：不敢说出"再见！"两字
良知不在人们的内心到底躲在了哪里？
神圣的诗歌是否也会离别诗歌的海洋
美好纯洁的心无情地被恶人践踏……

索然拜·朱苏耶夫

（一九二五年至二〇一六年）

　　诗人、翻译家。出生于喀拉库勒加区阿莱库山区。十八岁时参加苏联红军，一九四三年至一九四五年参加卫国战争并多次负伤。一九五一年至一九五六年在苏联高尔基文学院学习。一九五七年至一九五九年担任《阿拉套》文学杂志主编。一九四三年发表处女作，一九五〇年出版第一部诗集《劳动曲》。此后又先后出版《真理与赞歌》《生命之春》《爱情与忠诚》《诗人之心》《心曲》《高高的天空》《银星》《库尔曼江达特卡》《我所知道的钦吉斯》等母语文学作品集三十多卷，俄文作品集十四卷。诗歌被翻译成哈萨克文、乌兹别克文、维吾尔文、阿塞拜疆文、塔吉克文等出版。此外，他还曾翻译出版莎士比亚、普希金、莱蒙托夫、舍甫琴科、阿拜、马赫杜姆库勒、奥玛尔·海雅姆、马雅可夫斯基、叶赛宁等诗人的作品。一九四九年加入苏联作家协会，为吉尔吉斯斯坦现代文学的发展做出巨大贡献。曾获得苏联法捷耶夫文学奖、吉尔吉斯斯坦托合托古勒·萨特勒甘诺夫国家文学奖等。二〇〇七年荣获吉尔吉斯斯坦"人民英雄"称号。

我曾经经历过战争

陶醉于忍冬木松柏的森林
徒步翻越山岭跨过沟壑
山路上请让我独自前行
不要担心我会因此烦闷
我曾是经历过战争的人

为我的诗歌寻找旋律和色彩
下定决心才爬上了这山顶
不要觉得这是我受苦受罚
不要以为我会失去光华
我是经历过严酷战争的人

听到了星星传来的密信
听到了树木瑟瑟的歌声
不要好奇长夜里我寻找什么
不要怀疑大自然如此美丽
我曾是经历过战争的人

战士们围着篝火轻松快乐
有说有笑叽叽喳喳放飞思绪
听到他们冰糖般甜蜜的语言
投宿在战士们的营棚里面
请不要担心我会受冷挨冻
请不要担心我会腰酸腿疼
我是经历过严酷战争的人

我是高山的诗人

我是山里出生的诗人
我最终依靠着大山
思想虽已飞上九霄
我的根却还在山中

大山赐予我飞翔的翅膀
爱护我呵护我成长
我们敬仰神圣的大山
我以我的大山而自豪

思绪把高山萦绕
一生用诗歌赞美高山
高山赋予我灵感
高山赐予我力量

高山汇集了吉尔吉斯人
高山成就了吉尔吉斯人
高山的美丽无言赞叹
高山浑身都用诗歌构建

我的诗歌是大山的营养
我的诗歌是高山的智慧
大山的温柔多情浸透我的诗歌
因为我是高山的诗人

穆卡迈特卡里·吐尔孙阿利耶夫
（一九二六年至一九九六年）

诗人、戏剧家。出生于楚河州阿勒齐鲁村。一九四四年至一九五〇年在苏联红军服役。一九五四年毕业于吉尔吉斯斯坦国立民族大学语言文学系。曾长期在各类报刊担任编辑。一九五〇年开始发表作品。出版的诗集有《分裂总会被狼吃掉》《千分之一》等，另外还有很多讽刺诗发表。一九六二年加入苏联作家协会。曾获得过多枚战争纪念勋章。

苹果树和杨树

自己把自己比作月亮

漂亮的大杨树高傲地站在那里

"我身体高挺笔直而且美丽，

除此之外我还需要什么？"

有一天她居然突萌这样的想法：

"你们说一说这个苹果树，

个头比我低矮，

长相比我一般。"

说着说着

她向苹果树发问：

"喂！苹果树啊，苹果树，

你为何永远长不高大？

而且腿脚还弯弯曲曲，

每次我看见你，

我都会感到恶心。

与你作为邻居，

想一想都感到烦闷……"

"对啊！对啊！杨树我的邻居，

你的美丽吸引人们的注意，

你的身材高大，直刺云霄。

但是世上珍贵的东西，

没有一个是因为高大而美丽，

这一点，你心里应该明白。

也就是说，

你自己测量自己的影子，

杨树啊！你根本没有自夸自擂的依据。

抑或你每年都硕果累累，

有没有向世界奉献果实？"

苹果树这样说话

众所周知

杨树听完此话

会有怎样的尴尬

人世间随处可见

人模人样的"杨树"

他应该考虑一下

如何去把别人评价

树要看果实

人要看能力

飞　蓬

好像被吓着
飞蓬不断地奔跑
红高粱看到它
发出了这样的提问：
"上下翻飞永不停歇，
你为何从来不在一处停留？
难道在这个世上，
你没有一个地方落脚？
现在又要偷偷地去往哪里，
一蹦一颠不留下任何足迹？"

飞蓬回答：
"我四处找寻和流浪，
却找不到理想的工作。
另外还有，
没有一个地方被我看上……"
说完
飞蓬飞走又匆匆忙忙……

路上
它又遇见了枯白的艾蒿
"喂，飞蓬！
你慌慌张张要去哪里？"
"要去城里上班。
我不想在村子里生活。"
飞蓬说完离开

又像先前一样匆忙……

就这样它一路走来

突然间

从山崖上掉下

此时此刻

飞蓬心惊肉跳

自言自语地说道：

"吐吠 [1]……吐吠……"

1　吐吠：吉尔吉斯语的一个象声词。当人们说错话做错事之后懊悔或转危为
安时，用这个词表达懊悔和感恩。

巴依德乐达·萨尔诺盖叶夫

（一九三二年至二〇〇四年）

　　诗人。出生于塔拉斯山区。一九五一年毕业于伏龙芝中学。一九五六年毕业于苏联高尔基文学院，并开始任《阿拉套》文学杂志编辑，一九五九年至一九七三年在吉尔吉斯斯坦作家协会工作。一九五二年出版第一部诗集《雄鹰》，此后还有《给我的朋友们》《白毡帽》《大山及山里人》《诗歌选》《运气不会死亡》《巴依德乐达》等诗集问世。此外还出版有俄文诗集四部。曾为苏联作家协会会员，获得过吉尔吉斯斯坦托合托古勒·萨特勒甘诺夫国家文学奖、《玛纳斯》一级勋章、哈萨克斯坦国际友谊金桥勋章等，获吉尔吉斯斯坦"人民诗人"称号。

玛纳斯山

藏在冰川白雪中
将高昂的头颅伸向天空
沟壑、盆地和山坡
春季里裹上了绿色缎锦

戈壁上豹子腾跳
山鹰在蓝天翱翔
野山羊在山坡奔跑
银狐从窝里惊逃

动物交配的季节里
不断地观察北斗和月亮
大角羊舔着沙漠里的春药
公山羊在远方落荒而逃

峰峦如同利剑直刺青天
白云在头顶萦绕
犹如加蜜的酸醇马奶
清澈的雪水在深涧腾跳

每一次回到塔拉斯 [1]
痴情与迷恋永不消
一对乳房般的山峰

---

1 塔拉斯：吉尔吉斯斯坦西北部山区。

犹如我父母将我召唤

经历了多少酸甜苦辣
它送走了无数岁月荏苒
最值得我们珍惜的
是其中保存的玛纳斯足迹

再见吧！杰特奥古兹 [1]
再见吧！青翠万年的松柏
我在你怀抱是多么的自在
我的心早已飞向山巅
虽然已到四十岁年龄

久别之后我们昨天才重逢
今天举起海碗喝上三杯
豪饮的习惯逐渐离我远去
今天我要豪醉
犹如二十五岁离别时那样

再见吧冰川水！你是健康之神
再见吧百花！你是迎接太阳的热唇
繁星闪烁圆月游走的天空
将永远嵌入我的回忆之中

送别的日子更加难忘
再见吧！青色山岗内涵如此深厚
不停地向我挥手告别

1　杰特奥古兹：吉尔吉斯斯坦地名。

无法言喻无法想象的岁月都留在你身旁

再见吧！杰特奥古兹！你已俘虏我的心

哪能忘记你那锦绣般的容颜

只要身体健康，我来日还会再来

欣赏那沿河跑动的诱人花鹿

钦吉斯与我 [1]

——钦吉斯在哪里？

——在莫斯科，在柏林，在伦敦。

——去干什么？

——可能是有什么重要问题需要讨论。

——巴依德乐达在哪里？

——尾随牲畜进了大山。

——去干什么？

——去给羊群喂盐。

——钦吉斯在哪里？

——在布拉格，在巴黎，在罗马。

——去干什么？

——去了解世界文学的现状。

——巴依德乐达在哪里？

——在塔拉斯的家里。

——去干什么？

——去收割烟草还有其他琐事在身。

——钦吉斯在哪里？

——在雅加达，在开罗，在阿尔及尔

还计划要去美国。

——去干什么？

——和人们见面。

1　钦吉斯指吉尔吉斯斯坦享誉世界的大作家钦吉斯·艾特玛托夫，诗人与他
　　为同乡好友，而且年龄相近。

每一天
与著名作家
与人类同呼吸共命运。

——巴依德乐达在哪里？
——今天去了塔什干
明天要去巴特坎¹。
——去干什么？
——政府要在那里修建水库
为了灌溉干涸的荒滩。

——钦吉斯在哪里？
——在华沙，在巴格达
那边有很多人邀请他。
——他真是好汉！
——这个方面的能力
在文学分量上体现。

——哦，巴依德乐达在哪里？
——今天去了塔什干
正在果园里拾苹果
最近刚去捡了甜萝卜
还要去田里拾棉花。

——钦吉斯干什么工作？
——主要完成外面的工作。
——巴依德乐达干什么工作？
——主要处理家庭里……

---

1 巴特坎：吉尔吉斯斯坦南部一个行政区。

杂七杂八的日常琐事。

钦吉斯周游世界
为了给吉尔吉斯增光添彩。
巴依德乐达坐在山里
不肯放弃山里的生活。
说只要山不移走
他绝不会自己离开。

钦吉斯受到吉尔吉斯赞扬
吉尔吉斯被钦吉斯宣扬
两者合在一起
都是苏联社会的功劳。
美好的愿望和赞美的歌词
希望给两者带来福泽安康。

巴依德乐达也不会厌烦
到世界各地参观游览。
他写阿肯[1]的诗歌
尽管愚钝，但语词犀利。
他不出门远游
定有他自己的原因。
——也许是……
钦吉斯总是在外面
阿依勒[2]也需要人守护照看……

---

1 阿肯：吉尔吉斯语，指诗人。
2 阿依勒：吉尔吉斯语，村庄。

大山是我的财富

我是一个拥有初乳般洁净思想的东方男人
我的财富就在雪鸡起落的高山中
我在山崖上挖出一个大洞
把青春之火深深地隐藏其中

悬崖是我的被褥和枕头
让我的青春伴着激情入梦
当他们老了逐渐失去气力
我的诗歌会给我带来热情

我是民众中一个平凡的人
从不向天而是向大地索求福泽
无论我扬名还是名气平平
在高山里出生我满怀豪情

我是一个有初乳般洁净思想的东方男人
我的幸福就在雪鸡起落的高山中
我不能生活在云层的背面
抛弃幸福远走他乡寻找虚名

驴　赞

驴啊，你这可怜的畜生
从不曾听人们的赞颂
尾巴难看耳朵太大
每个人都在把你讥讽

多少人把你写进了寓言
却不曾把你好好待见
说你傻说你呆说你懒惰
你背上了许多莫须有的恶名

你说你从来没有扬名
请你忍耐吧，你的确有耐性
虽然你的肉和奶被归入不洁[1]
你却无私地贡献了金子般的体能

骏马无法走过的山崖
你却一如既往步伐坚定
牧羊人骑着你从没有抱怨
翻山越岭在戈壁中穿行

在烈日炎炎的荒原中
你背负着比你还重的路人
还外加所有的行囊
不知疲倦步伐矫健

1　伊斯兰教禁忌中认为驴肉和驴奶是不洁之物。

你没有得到应有的评价
现在到了为你正名的时辰
"所有的动物一律都平等！"
高声吼叫吧，大力驴神

加利利·萨德考夫

（一九三二年至二〇一〇年）

诗人、剧作家。出生于凯敏区小凯敏村。一九五八年毕业于吉尔吉斯斯坦国立民族大学语言文学系。曾先后在《吉尔吉斯斯坦少年先锋队》《阿拉套》杂志社、《吉尔吉斯斯坦文化》等任编辑、主编。从二〇〇四年起任吉尔吉斯斯坦作家协会主席。吉尔吉斯斯坦托合托古勒·萨特勒甘诺夫国家文学奖获得者，吉尔吉斯斯坦文化功勋奖章获得者。一九九一年获得吉尔吉斯斯坦"人民诗人"称号。一九五〇年开始发表作品，一九五八年出版第一部诗集《承诺》，之后又连续出版《春天的早晨》《昨天的证明》《世纪乐章》《黄色谷地》《我的诗歌：我的祖国》《难忘的音乐》《繁星》《清泉》《大地的魅力》《深秋的果实》等。除此之外，他还创作过一大批优秀的戏剧作品，比如反映吉尔吉斯民间即兴诗人托果洛克·毛勒朵生平的话剧《黄雀》，以《玛纳斯》史诗三部曲内容为蓝本改编的话剧《阿依阔勒玛纳斯》《玛纳斯的儿子赛麦台》《赛依铁克》，以及历史话剧《夏普丹》《江额勒穆尔扎》《托鲁拜》等，都在吉尔吉斯斯坦舞台上长演不衰，成为经典剧目。

忠　告

孩子，我的孩子请你听好
这是我对你发自肺腑的忠告
饥饿的时光总会过去
贪婪的狼性绝不能要

孩子，我的孩子，我的忠告你要记牢
你要用心去了解百鸟飞禽的习性
你要学习喜鹊的公正
却不要学它贪吃的本性

人的生命只有一次不能轮回
无论贫富贵贱你都要安心
不要学乌鸦见啥叨啥贪婪无比
要学那雄鹰展翅翱翔蓝天

这个世界

这个世界宽广无比
每个人都有公平机遇
有趣的是：彼此之间
相互吞噬永不停止

有人富裕衣食无忧
有人贫穷一无所有
短暂的生命流动不息
如同奔腾而去的河流

这是一个贪欲横溢的奇妙世界
如同漏底的器皿无法存留
在远见卓识的人们眼中
这却是一个如同粪土的世界

傍晚凝视山岭

日落前影子不断延伸

沐浴阳光，群山披上红装

山坡上，灰蒙的云雾流连忘返

恰似那饱餐的马群停蹄不前

山崖上渗出的洁白泉水

如同乳汁在山石间跳跃

看着这傍晚的山景

我热血沸腾，灵感油然而生

忽然间诗句如同燃烧的火花

所有的悲哀顿时从心中消失殆尽

你的照片

你曾经送给我的一张照片
它一直都珍藏在我的身边
一双含情脉脉的眼眸
你为何拍摄了这张照片

你的神秘微笑让我万千期待
我思绪翻腾心潮澎湃
你离开我十分坚定不再回头
我却后悔没在你脸上留下一吻

没有吻你，我也不会懊悔
你狠心地离开我没有转身
此时此刻你一定还像原先那样
把头轻轻靠在别人的胸膛

如果不是我换了别人
定会把照片撕碎或烧毁
我绝不会，错误在你而照片无罪
就让那照片中的微笑将我永远伴随

加帕尔库勒·阿勒巴耶夫
（一九三三年至今）

　　诗人。出生于楚河州一个集体农庄户家庭。一九五○年毕业于伏龙芝师范学校，一九五六年毕业于吉尔吉斯斯坦国立民族大学语言文学系。先后在讽刺与幽默杂志《恰勒坎》、奥什州《列宁之路》报社、《吉尔吉斯斯坦文化》报、《吉尔吉斯斯坦百科全书》等担任编辑。出版有七部诗集，诗歌被翻译成俄文、乌克兰文、白俄罗斯文、捷克斯洛伐克文等。一九七○年加入苏联作家协会，一九八五年加入苏联新闻工作者协会。

金色童年

那时候
你是调皮的小姑娘
我也正值童年
乳汁的味道还没有从我的唇边
完全消散

我们俩
来到土崖下面
用镰刀在崖壁凿出想象中的家
如同新婚的夫妇
我们搬入新的家园

啊！金色的童年
我们迷恋游戏玩耍
悄悄地
心中的爱情火花被点燃

"老伴啊！"我牵起你的小手
"哎哟！我的腰啊！"
你也假装撒娇
老伴工作辛苦
为了缓解我的疲劳
你还给我烧茶端水
那些欢乐日子一直记在心间

分别时刻

你轻轻抓住我的手

"不要想念我……"

这句话让我思绪万千

那就是我少年时代

美好的时刻难以忘怀

我深情地看着你的背影

逐渐消失在路的尽头

戒酒者的独白

再见！酒

我们是多年的亲密朋友

勾肩搭背

同声唱着一首歌

或者公开

或躲在暗处

彼此亲吻

情人一般

在月光下

倾诉衷肠

浓烈的美酒

如同妙龄少女一般

多少年来

独占了我的情怀和肉体

你眨巴着眼睛

长期把我引诱迷惑

让我甩动双腿

在墙上在树上无数次碰撞

三十年来

我无法割断对你的情怀

始终与你玩着追猎狐狸的游戏

我那火一般的青春

如今丢在了哪里？

我那灵敏的头脑

如今遗失在哪里？

再见吧！

你不会真心地思念我

我还会看到你

当人们把你高高举起

不要说人类

连钢铁都会被你腐蚀

只有酒瓶才能将你控制

你的"爱"独特而不同凡响

你的"爱"变化无常从不固定

蛊惑或迫害一人

将会得到法院的审判

诱惑陷害千万人

你却为何得不到任何审讯

叶散库勒·额布热耶夫

（一九三三年至二〇〇五年）

　　诗人。出生于天山区切提奴拉村。一九六一年毕业于吉尔吉斯斯坦国立民族大学新闻系。一九六一年至一九八七年在《讽刺与幽默》杂志任编辑、主编。一九六二年加入苏联新闻工作者协会，一九七〇年加入苏联作家协会。出版有《黎明之光》《你嫉妒》《祖国是我的心脏》《我们是祖辈的遗产》《生活的潮流》《巅峰》《果实累累的树》等二十余部诗集。二〇〇六年获得吉尔吉斯斯坦托合托古勒·萨特勒甘诺夫国家文学奖。

一滴蜂蜜

生下来就开始观察生活
我有很多奢望，这是实话
如同忙碌着产出蜂蜜
从这里我们可以学到很多
欢乐带着心情重上九霄
痛苦却深深地扎入心底

脑海中各种稀奇古怪的思想
无法冲出思绪的樊篱
无法一鼓作气
来到这宽阔的世界
没有结果的辗转反侧让人痛苦
多少时刻
多少岁月

香烟点上十次
又熄灭了十次
睫毛粘连眼睛疲倦
笔头在纸张上留下几句诗行
东方却已破晓曙光初现

啊！此时此刻
疲倦已经被遗忘
一股幸福的洪流涌入心间

渴望的结果

只有一个
那就是
从数千行诗句中
提炼出一滴蜂蜜

就是这一滴蜂蜜
变成鲜血
在血脉中流淌
给朋友送去
变成耀眼四射的光芒
变成一颗钉子
扎到敌人的脑门上

多么幸福

生命需要健康需要健康
一个隐隐的悲伤跟踪而来
曾是一个嘴唇上可以烤馕的火热青年
现在却如同被剪断的树枝渐渐腐朽

生命不停地回头加紧逃窜
越是逃窜，生命最终却日薄西山
曾是一棵呼风唤雨的松柏
如今却像柔弱的树枝开始枯萎

想起来内心发炎脓血横流
它的生命如何你可以仔细观察
雄狮赋予了强大的力量
呸，呸！我要诅咒你痛苦

有人并不把生命珍惜
有人早已将其忘记
有人在春天来临的季节
从树木发芽感到幸福

阿拉套山

啊，我的阿拉套山，我的故乡
空气清新，河流清澈，泉水淙淙
即使我掉进黑暗的深渊
你的光辉激光一般把我照亮

巨大的峰峦，丛岭和山脉
满山满谷的神秘藏在你胸膛
世上你最雄伟你最伟大
过去的岁月在你面前显得很渺小

啊，我的阿拉套山
拥有伟大的幸福之源
飞鸟翱翔在云端
你高傲的头颅顶着星星之城

锥子般直插蓝天的雪峰
荒漠中的印地人歌唱高山
天空中的星星也歌唱高山
我们山里的吉尔吉斯人
没有一家的窗户不向着高山开启

山里有片片森林条条沟壑
山谷中清澈雪水泠泠白浪翻腾
世上有人不喜欢虔诚地祈祷
但哪个吉尔吉斯人不把高山敬仰

我用鲜血和生命热爱你

用清澈如水的诗歌歌颂你

如果我死去，要镶刻在红色石头上

瞪大眼睛目不转睛守护你

致童年

你是大河流淌还是狂风呼啸
雷电轰鸣抑或是闪电发亮
可爱的你呀我始终把你寻找
自从你进入幼儿园的时光

眼睛已疲倦我寻找你四处流浪
在街上遇见你其实是一个妄想
从背着书包走过的众多孩子中间
我也没能把你认出分清

悲痛伤心，眼眶已经红肿
我就是一个痴心妄想之人
他很调皮必须把他找到
我从踢球的孩子中苦苦找寻

没有吃冰棍喝冰汽水
我目不转睛地盯着过往行人
孩子们花枝招展统一着装
我从红领巾队伍中把你找寻

我充满希望从他们中间找寻
那形象已经融入我心灵
我的童年居然满含笑脸
正在麦田中把麦穗拾捡

没有办法

只有一个幸福让你栖息
即便你身为国王也只会有一个王座
命运只能有一种结果
小靴再挤脚也只能忍耐适应

头顶上只有一个太阳
日落后只能进入一种黑暗
人世间你只能独自生活
生活的负担用生命承担

脚下的大地头上的蓝天只有一个
或珍惜或伤害感情只有一种
如果有两个你会咋办
生命只有一次无可奈何

伊萨别克·伊萨考夫

（一九三三年至今）

诗人、翻译家。出生于阔其阔尔区腾迪克村。一九五二年毕业于吉尔吉斯斯坦教育学院。同年开始在《吉尔吉斯斯坦少年先锋队》报任编辑、编辑部主任。一九六七年进入刚刚创刊的《吉尔吉斯斯坦文化》报任编辑、副主编。二十世纪八十年代在《阿拉套》编辑部任编辑。一九五九年出版第一部诗集《奥诺兹与公鸡》。此后，陆续出版《我要向着月亮飞》《故乡的诗歌》《友谊》《飞翔的翅膀》《与太阳对话》《生命的历程》《祖国的硕果》《金色童年》《故乡的波涛》等十余部诗集。此外还出版过《吐尔孙的玩笑》《农民的春天》等小说集。一九六三年加入苏联作家协会。曾获吉尔吉斯斯坦文化功勋奖章。

希望的表白

我的思绪潜入思维的大海
我的心爱总在我视线内徘徊
让我插上思绪的翅膀飞上蓝天
清泉奏出美妙的考姆孜琴声

你日夜散发着独特香味
如同春天里盛开的柔嫩鲜花
为了追求幸福迈开双腿
我的希望如同天上的启明星

这个希望，这份爱情就是我的全部
沐浴阳光两颗心彼此接近
在生命的花园里不断闪烁
诉说着对美好未来的憧憬

为何如此

黑眼睛、我的心爱，我的美人
你温柔的话语滴着蜜汁
我们何时才能见面
微弱的希冀成了我生活的希望

你的爱情之火把我牵引
你迷人的微笑永驻我心
我萦绕着你不敢走远
变成蝴蝶在你的光芒里飘飞

你是我生命的伴侣爱情的馈赠
我总会返回重新把你找寻
在生活中成为我的骄傲
你的召唤神奇而诱人

这是一份超乎寻常的爱情
我为何如此将你渴望？
为了你，我的爱已经汹涌澎湃
太阳高照，并对我送来欢笑

生命中的一个愿望

多少次看到清晨的曙光
我一生却都没有启明星一样闪光
人生流逝，我无法将你忘怀
亲爱的！我心中藏着一个愿望

湖中美丽的鸳鸯无法比拟
你的内心奉献出纯洁的鲜花
月光下高耸的大山阻挡着我
圣洁的爱情却越发深切

亲爱的！你是我唱不完的心曲
抑或是我生活中深藏的情怀
我陪伴着你缓步走动永世难忘
难道你是我一生一世的传说和交响

在无限的空间里我打雷闪光
人生路上将爱情的甜蜜饱尝
在远方无时无刻不把你思念
你的情人似乎要在煎熬中灭亡

赛维提·乌尔满别特托夫
（一九三四年至一九九〇年）

　　诗人。出生于伊塞克湖州托茹阿依格尔村。一九五七年毕业于吉尔吉斯斯坦国立民族大学语言文学系。曾先后在吉尔吉斯斯坦国家出版社、演员俱乐部、《吉尔吉斯斯坦文化》报、国家大剧院等担任创作员、文学编辑等。一九四九年发表处女作。一九五八年出版第一部诗集《帆船》。他的大量诗歌分别以吉尔吉斯文和俄文发表，一生共有十六部诗集出版，如《帆船》《湖的早晨》《新诗》《山鹰》《人与自然》《我的世界》《光明的世界》等。此外他还翻译过很多外国诗人的作品。一九五八年加入苏联作家协会。

生活的原理

如果有人说：我不怕死！

我不相信

乔勒潘拜[1]并不是为了死而献身

人往往在走向顶峰时

如同钢索

突然松动和断裂

比如

就说你死了

世界照样光明普照

山里照样有大黄生长

天鹅依然在湖面飞翔

繁花铺盖大地

人们

享受着幸福和快乐

生活和工作

你不会听到

你不会看到

你已经不在世上

死亡

让人毛骨悚然

生存无疑是义务

---

1 乔勒潘拜：卫国战争时期用胸口堵枪眼的黄继光似的吉尔吉斯斯坦英雄。

活着有两条路径可以选择:
有人为了吃饭而活着
有人为了活着而吃饭

而我
为飞速的时代而难过
就连死的时间都没有
请相信我

黄雀飞来时
我总以为
我的孩提时代也一起回来
清晨放声啁啾鸣唱
甜蜜的思想
开始自由释放

当黄雀飞来时
母亲依然还在挤奶
好像在说:
"你总是睡懒觉,
快去把牛犊牵来。"

黄雀是我的翅膀
向着太阳飞翔
自由自在地翱翔
我从不会厌倦
在蓝天飞翔

当黄雀返回时

我的眼泪

滴落到草地上

我的童年与它们一起消失

我的生命是否会返航

真理是一团燃烧的火焰

真理是一团燃烧的火焰

投出滚烫的火炭

从这个心到那个心

筑起一条幸福的大路

帝王却被它冷落不放在眼中

真理是一团红色的火焰

激情燃烧劈啪作响

有多少贪婪的家伙

掉入火中

惊恐中悲惨地叫嚷

声嘶力竭

无谓地挣扎

要么是恶棍

要么自私而贪心

只要是居心叵测之人

真理就被他永远仇视

惊恐万状

害怕自己如同恶狗

死在路上

谁心胸狭窄自私自利

就会如同坐在火炭之上

对真理切齿拊心

好像活在虚伪世界

（上册）

对生活感到绝望

真理的敌人
常常如同疯狗
厚颜无耻
永远不敢与人对视
内心虚弱缺乏自信
似乎要失去生命……

真理可以不断弯曲
但却永远不会折断
燃烧自己
思想永存
烧过多少次
还在燃烧永不熄
人们屈服于贪官污吏
这是自古流传的习惯

真理的时代到来了
而且十分真实
我们的心灵正在死去
却得到真正的救赎
历史是最终的胜利者

卡坎·阿勒马兹别考夫
（一九三四年至一九九一年）

　　诗人。出生于索库勒克区夏勒塔村。出版有《谁的过错》《幸福》《竞赛》《诗集》等诗集若干种。其诗歌语言简洁易懂、流畅生动，大量的作品被谱曲演唱，在民众中流传广泛。

闪　电

眼睛不敢彼此对视
如同活泼而胆怯的少年
心灵的颤动只能从表情上觉察
我们徘徊在幽静美丽的花园

我们那一天刚刚认识
一丝一毫都不想与你分离
为了让我看清你白皙的脸庞
突然间闪电把四周照亮

闪电中我为何把你注视
你迷人的娇容占据了我的心田
再一次，再一次闪亮吧！
此时此刻我反复把闪电呼唤

雨会停，让我们稍稍停留
两人用一件衣服做盖头
那一夜我们就如此度过
爱情为何如此甜美神奇美妙

请你原谅

又一年过去了
我们没有见面
我的心
早已被渴望填满
懊悔将我折磨蹂躏
每当我
想起你的时刻

你多情的眼睛
注视我的一瞬
这世界唯一
就有你
不时地在我心中
添加爱情的火炭
哪里还有
你那样的眼睛

你抚摸着我轻轻地
温柔地撒娇
我心潮澎湃
把烦恼抛到九霄云外
我们牵手跑入果园
深深地藏在苹果树后

那些事
如今消失不再

我心在哭泣

却默默无声

为了一句无心的话语

你躲到了哪里

无影无踪

为了你

我不知唱了多少歌

我依然还想

深情地为你歌唱

所有的错误

都是我

请你原谅吧

我的心爱我的幸福

请让我听到一句言谈

用花儿把我们隐藏
苹果树每天将我们等待
我轻轻地抚摸你的手
挑拨你深藏心中的秘密

你深情地看我一眼
我失魂落魄丢失了想好的语言
我本该是开朗快活的小伙
却不知为何会如此这般

每天都鼓足勇气
想表白心中的意愿
但尽管每天看到你的脸
话到嘴边却又不敢开言

你可能想：这个沉默无语的家伙
为何这样折磨人？
到底是毒药还是蜂蜜
请让我听到一句言谈

热密斯·热斯库罗夫
（一九三四年至今）

诗人。出生于楚河州莫斯科区。一九五一年毕业于伏龙芝师范学校，后来曾在苏联高尔基文学院学习。先后在《吉尔吉斯斯坦少年先锋队》《列宁青年》《吉尔吉斯斯坦文化》《阿拉套》等报刊担任编辑并发表大量诗歌作品。他将自由体现代诗创作引入吉尔吉斯斯坦诗歌中，成为独树一帜的新诗歌探索者。一九五九年出版第一部诗集《春》，之后又出版诗集十余部，主要有《太阳节日》《快乐的歌》《迪里拜尔》《我要播撒欢笑》《青春的城市》《诗歌的暴风雨》等。出版俄文诗集六部。一九八六年凭借《诗集》获得吉尔吉斯斯坦阿勒库勒·奥斯莫诺夫文学奖。一九五九年加入苏联作家协会。一九九五年获得吉尔吉斯斯坦劳动功勋奖章。一九九六年获得吉尔吉斯斯坦"人民诗人"称号。

我的简历

我有简历吗

如果有，我在想，它会怎样

现在我要刮胡子

为了显示青春要不停地修饰

我也顺着人们走过的路走来

大地和生活我已经走过了一半

我浑身都是激情

思绪飞腾激荡

希望的集市嘈杂热闹

我对很多东西多情善感

有时激动，有时燃烧

有时冷冻，有时沉寂

有时候脸上无光面色蜡黄

对分享情绪的朋友热情而大方

如同找到了倾诉衷肠的对象

我会对谁倾注，这样上心

生活的苦难我却视作天堂

我一路向往你那高贵的陵墓

生命决不放弃快马加鞭

奔腾不羁的骏马就是证明

我把瞬间的欢乐在记忆中保存

无边无际的烦恼总是把我缠绕

人们自我陶醉越是高飞

就会从同样的高处跌落

深深的墓穴

深谙人生的某些人

似乎在把永生的途径找寻

生活就是争先恐后的勇士
你的生活杠杆却总是摇摆不定
看起来地位还算高贵
生活有趣就是因为这样
懂得生活的人们
还有那生活的元帅们
我祝你们幸福

我要像太阳一样活着

年轻的心喷射出热情的火焰

我要像太阳一样活着

我要随心所欲地释放

让人们好奇地把我张望

全部转头争先恐后

指指点点

边走边说议论纷纷

我要迈开正步

我浑身都是力量

我笑逐颜开摇头晃脑

对生活心满意足热血澎湃

在这充满幸福的世界里

我敞开心扉尽情享受

如同浪花翻腾永不停留

百倍的信心在我心中涌动

这是一个崭新的生活不曾出现

我的诗歌

我的诗歌与今天的生活

同步行进，努力

没有经过斗争

脸上却出现皱纹

我们需要

诗歌像士兵一样挺立英姿飒爽

成为生活的警察

需要懂得生活的诗歌

还需要

飞向星星的诗歌

我的诗歌是建筑工

砌墙摆砖

我的诗歌

需要贴近人民和故乡

我们需要直言不讳

需要诗歌

像城市里的高楼大厦

直顶蓝天

我们需要

没有伪装没有外罩的诗歌

我们需要

为了到达明天

从今天开始吸取经验的诗歌

要想成为诗人

现在可不是那么简单

成为诗人

需要成为牧羊人的同伴

需要同石匠并肩抡锤挥汗

需要成为工人中的一员

诗人就是燃烧自己

在时代的熔炉中

展望广阔的未来

若不能歌唱今天平凡的生活

更不会歌颂明天的辉煌

我的诗歌，我的诗歌

请你们超越，冲在前沿

耶尔尼斯·图尔孙诺夫
（一九三五年至今）

　　诗人、剧作家、翻译家。出生于伏龙芝市。曾长期在国立艺术剧院、广播电视台以及刊物担任文学编辑和创作员。出版有诗集《花儿》《百灵》《高峰》《爱情》《夏天的雨》等，此外还有长篇小说、名人传记等多部。剧作有《阿依曲莱克》《真理会弯曲，但不会折断》《同时代的人们》以及历史剧《巴依提克勇士》《巴勒瓦伊和奥尔曼》《居素普·巴拉萨衮》等十四部，其中绝大多数曾被多次搬上舞台。他还曾翻译出版普希金、席勒、莎士比亚、涅克拉索夫、果戈里、塞万提斯、但丁、歌德、拜伦等众多诗人、剧作家的作品。曾获得吉尔吉斯斯坦劳动功勋奖章、吉尔吉斯斯坦"人民诗人"称号。

我宁愿死在马背上

生活的酸甜苦辣我都尝遍
有人倒下我伸手将他扶起
我慷慨的祖先给投石者报以食物
我们就是那吉尔吉斯的后代

狭路上不懂人生高傲自大
山石锋利水深莫测暴风骤雨我都经历
挥鞭催马吧！我的朋友！我宁愿死在马背上
我们的先人就是马背上生活的山里人

繁星中可以看到皎洁的月亮
我们如同月亮可以赢得千百美女的心
骑着骏马把美人抢走吧
吉尔吉斯的年轻人如同骏马般飞腾

向前冲吧！我的朋友
让马蹄扬起冲天飞尘
如果需要
就在马背上献身

我乘风而去

雾气缭绕，水气混合
变成云彩，变成绵延大河
恰似浪花滔天的河水
朋友你听！这就是生活的旋律在涌动

听到过深山里暴雨的曲调
我为了给它增添色彩和力量而抗争
如同破石而出的小草
我痴迷于你们绿草悠悠的村庄

聆听着搅腾湖水的风暴声
我裹住呼号咆哮的狂风
裹着风暴去探索前程
迷失在重峦叠嶂的山中

我顶着风暴沿着河谷缓步前行
这是一条充满坎坷危机的行程

焦勒多希拜·阿布德卡勒考夫
（一九三五年至今）

　　诗人。出生于伊塞克湖州塔石坦村。一九五九年毕业于吉尔吉斯斯坦国立民族大学语言文学系。一九五五年开始发表诗歌作品。一九六〇年起先后在《列宁青年》《吉尔吉斯斯坦少年先锋队》担任编辑。一九六三年出版第一部诗集《星星斯坦》。之后又陆续出版《幸福的花朵》《双星》《生活无止境》《白浪》《遥望四方》等近十部诗集。凭借诗集《白浪》于一九七〇年获得吉尔吉斯斯坦列宁共青团奖。

我的朋友，我的亲人

我的亲人，我的朋友与我同伴
老人们的教诲十分珍贵
岁月之潮让他们愈渐稀少
如同春天里消失的白雪

我每年夏天回到草原
总是把熟悉的身影寻觅
曾经坐在山岗上的老人
如今为何不见了高大的身影

岁月无情，生活中所有事都能发生
无论我们有多少羡慕的老者
说出的话沉沉甸甸沁人心肺
雪白的胡须现如今何处找寻

露珠般的生命闪闪发光
恰似即将熄灭的木炭
永不回返之地十分遥远
古老的传说离我们渐行渐远

季节轮换有其原因
青春的岁月献给了无情的战争
秉持神圣的公正伟大的善良
我们是他们的继承人要保持纯净

多少个艰难岁月被他们跨越

战争的阴影依然萦绕在心中
时刻不忘敬礼表达尊重
同志们啊！一定要孝敬老人不忘初衷

都是前辈将我们抚养长大
让我们的尊严和传统发扬光大

从手掌中掉入草丛如同银针
那我们还能从哪里找寻

同志们啊！请尊重和孝敬老人

奥穆尔·苏勒坦诺夫

（一九三五年至今）

　　诗人、剧作家、小说家。出生于杰特奥古兹区。一九五九年毕业于吉尔吉斯斯坦国立民族大学语言文学系。曾长期在作家协会从事编辑工作。一九五三年开始文学创作，一九六一年出版第一部诗集《山里的日子》。用母语吉尔吉斯语和俄语创作，曾用俄语创作发表大量的韵文体纪实文学作品和长篇小说，其作品还被翻译成英文、德文、西班牙文、法文、蒙古文、日文、乌克兰文、匈牙利文、斯洛伐克文等多种文字。他还曾翻译过普希金、莱蒙托夫、聂鲁达、马雅可夫斯基等人的作品。出版的主要诗集有《星夜》《九月三十日》《在岛屿之间》《世界》《疲倦的第一百首诗歌》《为爱情献身》等十余部，其中大部分用俄文出版。一九八六年起先后担任吉尔吉斯斯坦保护伊塞克湖基金会主席、吉尔吉斯斯坦对外友协副主席、国际作协主席等。二〇〇七年开始担任吉尔吉斯斯坦作家协会主席。一九九二年获得吉尔吉斯斯坦"人民诗人"称号。

阿勒普卡拉库什 [1]

诗歌——变成神鸟阿勒普卡拉库什
与我的生命融为一体
今天飞落到我命运的支架上
黑白，青色冰川，阿拉套山福泽圆满

我的生命由五彩编织而成
多数时间我似乎傲视人雄
天空，大地，河流，我的路途遥远
我乘骑着自己的思想去远行

无论到哪里湖水 [2] 总在眼前浮现
我的渴望永远是登上更高的山巅
看到什么我总是直言不讳加以褒贬
没看到的常常被遗留在暗处

我不会随便评论而是入心入脑
所以才得到了人们的鼓励和支持
"祖国正遭到偷盗者的吞噬"
这是我最近发表的诗篇

街上买菜的一位少妇读到它
给我送来两公斤土豆说：
"谢谢您！人们会感谢您我的大哥！

---

1 阿勒普卡拉库什：吉尔吉斯神话中的飞禽之王大鹏鸟。
2 这里特指伊塞克湖。

免费送给您，让那些人去吃石头吧！"

对于智者这就是诗人的命运
这种奖励不知有谁曾经获赠？
这种能量只有腾格里[1]才会赐予
因为人民经长途跋涉有些疲惫

我思绪纷乱回望恩泽无限的大山
我的心早已被秽亵熏黑污染
离开市场这晦气污浊之地回家
那是我纯洁如初阿勒普神鸟栖息的地方

我意志坚定没有回头
将真理放入虚伪的碗中洗刷
无论我变得一无所有如何落魄
却看到了诗歌永放光芒的神奇

1　腾格里：吉尔吉斯语中指天神。

疲倦的第一首歌

渴望

疲倦的第一首歌

完成的日子今天清晰如初……

我们曾经

少年轻狂不谙世事

那是三年级或四年级时光

大概是假期的第二天

我独自一人默默从学校逃跑

思念变成强烈的渴望

难耐的痛苦中

把母亲寻找……

时间

太阳还没有升起

从高空鸟瞰或从远处眺望

我可能如同大地的虱子一般

手中的木棒比自己还长

但我不知道路在何方

我朝山中进发

我要寻找妈妈……

妈妈曾经患有

严重肺炎

匆匆忙忙在牧马人的草原

支起一座微型毡房与他为邻

为了喝一段时间马奶养身……

渴望

在惶恐中

野兽还在远方

翻山越岭辛苦跋涉走一天

我不知道

山路为何这样漫长

直到黑夜降临

紧紧握着手中的木棒

走进那毡房委屈地

"哇！"的一声哭喊

投入母亲的怀抱

张开双臂……

恐惧与欢乐夹杂

延续一生的一声"哇！"

母亲把我拥入疼痛的怀中

紧紧拥抱

抚慰着释放着

思念与渴望

长期压抑的内心

我当时才知道

自己已经精疲力尽

每每想起当时

走过的漫漫长路

大地似乎依然在脚下

发出呼呼的声响

别无他声……

疲倦的第七首歌

大门

如同一场突如其来的大雪纷飞

那个瞬间早已融化殆尽

最多它已经到达……

如同从一个心结到达另一个心结

从情感的此岸到达彼岸

萨拉坤[1]家破旧的大门

除了风无任何生灵进出

吱吱嘎嘎

留在脑中耳中眼中

等待也会让人疲倦不堪

最初时如同燃烧的火焰

然后是忧烦开始闹心

然后是耐力逐渐生锈

然后开始与最无奈的痛苦和烦恼为伴

最后

等待开始嵌入那大门

那扇除了风无任何生灵进出的大门

那扇油漆斑驳长满苔藓的旧大门

萨拉坤以及慈祥的大妈

不正是加克普与琦伊尔德[2]吗

独生子没有从前线回来

1　萨拉坤：人名。

2　加克普和琦伊尔德：英雄史诗《玛纳斯》中英雄玛纳斯的父母亲。

大门在等待中开始腐朽

那大门

在孤独中开始疲倦

震耳欲聋的那份孤独

总是将我牵引到它身边

有一天突生一个奇怪想法：

用饱浸等待之锈的铁脚镣

将希特勒锁在这院里

不立刻处死他

静静悄悄锁在这院里

锁在一个时代里

哦，需要多少这样的院子……

一个院落足够一个时代

等待

四十好几的人了，

你还在等待怎样的奇迹？

我就这样独自问自己

无声无息的寂静将我环绕

我的声音只在天地间隐隐回响

为什么……

为什么……

我总是在黑夜里用别人听不到的声音叩问自己：

我所寻找的

追求的到底在哪里？

那一刹那睡眠已经死亡

却有个声音断断续续地耳边嘀咕：

你继续寻找吧！

寻找你

无月的天空早已经如炼乳凝固

我压低声音询问雷电：

为什么我如今找不到它们？

为什么它们也找不到我了？

饥饿

向周边辐射出死亡的阴影

雷电"轰隆"一声打开我眼睛：

哈，哈，哈！

寻找吧，继续！

继续，寻找吧！

干涩的笑容

孤独的疲倦眼神

东张西望

让人恐慌心痛

苏白德里达·阿布德卡德诺娃

（一九三五年至今）

出生于卡列宁区萨热布拉克村，毕业于吉尔吉斯斯坦国立女子师范学院。出版有《东方女子》《白色的花》《金色的摇床》《爱情与春天》《幸福之歌》等十余部诗集。获得过多种奖励。

你骑着月牙蹄子的骏马来到我身边

你骑着骏马从月光下的大路奔来
你飞奔而来牵住我的胳膊而去
从那时到如今我为你的双唇
如同喝下美酒一般地陶醉

你骑着银色骏马从阳光下的大路奔来
你催马奔来在我耳边低声细语
你的话语给我力量和勇气
从此我一生将你追随

难道你来自天界如同神仙
难道你用黎明曙光向我致敬
当我睁开眼睛观望世界
如同从一场美梦中惊醒

青春和爱情都如同满月
在我们头顶闪光如同永恒燃烧的蜡烛
人生中还有这样的美妙时光
心潮澎湃如同深爱的恋人

无　题（组诗）

一

白雪在山上睡卧

狂风吹动让我迷蒙

眉头睫毛结满冰凌

我似乎变成了雪人

我扯紧缰绳缓缓移动

白色的火苗在眼前晃动

马帔变成银色的铠甲

不停地在山崖上闪动

我的坐骑突转身体

狂暴的风雪更无情

骏马踏出的足迹里

能听到嘚嘚的马蹄声

二

日子如同风驰电掣的骏马

我拼命追逐却同乌龟一样无奈

暗自叹息无声地懊悔

故作镇定内心却无法平静

岁月的箭矢如同麻绳拧结

我注目凝视直到望穿双眼

似乎在一个未知的日子里
圣人克孜尔[1]前来与我邂逅

啊，岁月啊，施魔法欺骗戏弄
时而一贫如洗时而慷慨如庆典
凡人都会把这些逐一经历
你却无论多少都不满足

三

岁月一天一天分成节
每节中间藏着什么？
承载的每一个喜讯
不厌其烦带给人间

一月一月起伏变化
山谷中有何种奇幻？
油湖奶湖无尽的财富
堆积如山送到人间

新年随着新春的呼喊到来
大地更换容颜
忏悔过去，希望出现
心胸得到了洗礼

走了行了无法回返
叠夹在昨天的落日里
今天的太阳即将来临

1　圣人克孜尔：吉尔吉斯传说中的幸运之神。

承载着新的生命

四

夏夜绿色花园里

年轻媳妇进入梦乡

花园里绿色葱葱

头顶上落下一个个熟杏

激动的心情无法掩饰

用大盘接收熟杏的时刻

传来一阵金属的声音

熟杏瞬间变成了银元

杏子和银元一起

很快在掌中融化

情人的炙热双唇

已经贴到了她的红唇

这强烈爱情的力量

带来了温柔的月光

所有美妙都在预示

今晚是一个难忘的幸福时刻

什么是爱情

爱情是命运恩赐的生命
魅力无穷发出圣洁光芒
在望断无尽的生活中
如同灯盏照亮我们心坎
灯熄了不会重新点亮
所以说人们恐惧死亡

爱情是母亲就像人生的造化
有了她你的血液才开始流淌
无论在哪里如同影子与你相伴
母亲的音容永远在你心间
不管你已苍老度过了多少岁月
死亡永远为爱情让行

爱情是你的孩子如同心肝
你的生命与他血脉相连
希望如驼队走向未来
生命的路途最初始于人间
为了孩子母亲可以义无反顾
把珍贵生命毫无犹豫地奉献

爱情是祖国，是你生命的根源
世上任何事物也不能同她比肩
在任何艰难险阻的生活中
她都是你强大力量的源泉

涂尔干纳勒·毛勒朵巴耶夫
（一九三四年至今）

　　诗人。出生于阿克色区。一九五七年毕业于吉尔吉斯斯坦国立民族大学语言文学系。曾长期在贾拉拉巴德州《共产主义旗帜》《吉尔吉斯斯坦少年先锋队》《吉尔吉斯斯坦文化》报、《遗产》《人民的世界》等各类报刊和电视合担任编辑、主编。一九六二年出版第一部诗集《草原》，之后出版有《我心中的阿拉套山》《宇宙的轨迹》《幸福家园》《故乡的思念》《同时代的伙伴》《太阳国》等多部作品。一九五九年加入苏联新闻工作者协会，一九六六年加入苏联作家协会。一九九五年获得吉尔吉斯斯坦文化功勋奖章。

人　类

季节轮换交替永不停止
生命伴随其后却不会折断
对于命运的审判
人类永不屈服

亲　密

夏季的洪峰会过去

泉眼依然喷涌

并肩的人们会过去

亲密者才会长久

希望永存

生命却不能永恒

希望永无止境

阿散·卡伊戈 [1]

一

哦，善良的阿散·卡伊戈
野马最终没能逃脱猎枪
大雁、仙鹤振翅飞翔也遭到杀戮
大地上游走的蛇没能幸免
水里游弋的鱼儿没能保全

在贪婪者手中夺命武器面前
只有虚无的东西才能幸免

二

美丽的孔雀早已
名存实亡
多少珍贵的动物
不要说自己
就连踪迹也荡然无存
心已经冰冻
大地、河流还有天空
死亡的子弹
统统会把它们射穿

---

1 阿散·卡伊戈：吉尔吉斯神话人物，以忧国忧民著称。为世界上所有不公
而愤怒，对所有弱者表示同情，对生命的短暂表示感慨和抗衡，是一位
多情善感的苦行僧。他一生寻求长生不老，但最后还是没有逃脱死神的
追杀。

三

武器已经把野生动物消灭殆尽

很多动物早已经销声灭迹

心中的向往冷冻在悬崖峭壁上

如果你今天能来目睹此景

血腥的场面定会让你悲叹……

抑或是椎心泣血给予安慰和祈愿

你活着就是为了保护生灵

你活着就是为了阻止杀戮

也许你会得到英雄的美名

现如今不需要放任自流

而是需要良知和担当

还需要广阔无边的善良之心

请你了解，我的神灵阿散

为了消灭野蛮无情的黑暗

需要有横扫一切的不屈和顽强

蔑迭特别克·赛依塔里耶夫
（一九三五年至一九八七年）

　　作家、诗人。出生于塔拉斯州玉奇爱慕切克村。一九五七年毕业于吉尔吉斯斯坦国立民族大学语言文学系。曾在《吉尔吉斯斯坦少年先锋队》《列宁青年》任记者、编辑。学生时代开始发表作品。一九五七年出版第一部诗集《青春之声》，之后又出版有诗集《太阳之城》《畅游世纪》《崖壁上的文字》以及小说集《白天鹅传》《百灵歌唱》《妻子》《戈壁人家》等。一九六三年加入苏联作家协会。

在世界地图前面

我静静地坐在家里

放飞思想

摊开世界地图

我每天看见少女们扑向敌人

勇往直前留下背影

门外的严冬咬牙切齿

紧握武器严守着漫漫黑夜

如同躲躲闪闪的强盗

往山顶上拖着僵硬的尸骨

我走到激流咆哮的河中间

春天到达岸边的脚步

非常迟缓

可爱的湖水如同蓝色宝石

品尝湖水可以益寿延年

万千种飞鸟啁啾鸣唱

我在湖边洗脸

跳入湖中忘我地畅游

重新变成天真无邪的小孩

卷起裤腿把彩云追逐

如同安泰[1]吸取大地的力量

把核武器制造者

握在掌心之中

如同调皮的孩子

---

1 安泰：希腊神话中的巨人形象，为大地女神盖亚和海神波塞冬的儿子。人们常常释义为精神力量不能脱离物质基础，或一个人不能脱离他的祖国和人民。

丢下玩具一样

把所有的核武器

潜入深深海底

养育人类的大地母亲

我想看到她

重新焕发出青春

我要让她纯洁无瑕的身体

裹上香气飘飘的鲜花

让所有的污浊腐朽

完全从她身上脱离

请你们接收吧

我要向人类宣告

并将所有的财富和幸福

永恒地赋予他们

让太阳都嫉妒其辉煌

像哥伦布一样

揭开一个崭新的世界

如同法尔哈提 ¹ 摧毁悬崖峭壁

用我的滴滴汗水把荒漠浇灌

在冰面上盖起高楼大厦

把象征战争的所有钢铁熔化

如同流失的无数岁月

世界会永恒地围着一个轴心旋转

如同太阳重新升起

我们也会来到一个

崭新的未来家园

1　法尔哈提：中亚长篇爱情叙事诗《法尔哈提与希琳》中的主人公。

脚　印

我看着自己走过的路途

脚印留在沙漠里留在荒滩上

如同充满好奇的孩子

我总想把失去的重新找回

即便如此

也不会像毫无建树的光背骏马返回家园

我还有很多值得珍藏的幸福回忆

我仔细观察走过的道路

如同度过了两种生命

在一个里面我像羞涩的少女

躲躲闪闪

在另一个里面我变成流星

倾泻而下

曲折的小路留下多少足迹

我在一个生命里迷失自己

在另一个生命里

却与高山雪峰为伴

像奔腾的雪水喷发向前

我回眸注视背后的脚印

一个生命如同钢铁般坚强

另一个生命

骑上一匹长鬃飘逸的骏马

如同利剑顶着狂风勇往直前

一个生命失去了冬夜的深沉

逐渐离我远去脚步不停

另一个生命激情澎湃

对未来充满信心

不离不弃

时刻把我陪伴

我们也曾经受战争的洗礼

几乎要忘记馕饼的味道

如同战士顽强不屈

我对那一段生命十分自豪

在投宿的人家留下温暖

多少岁月曾在马背上颠簸

我们的青春并没有白白流失

无悔地融入了士兵们的勇气之中

多少个恋人在苦苦等待

面对爱情又变得谨小慎微

一个生命就像闪电

时时刻刻准备发光燃烧

我看着自己走过的路途

脚印留在沙漠里留在荒滩上

如同充满好奇的孩子

我总想把失去的重新找回

即便如此

也不会像毫无建树的光背骏马返回家园

我还有很多值得珍藏的幸福回忆

萨里江·基格托夫
（一九三六年至二〇〇六年）

　　诗人、文学家、评论家。出生于奥兹根区。一九五九年毕业于吉尔吉斯斯坦国立民族大学语言文学系。一九六六年获得吉尔吉斯斯坦科学院语文学副博士学位。曾在吉尔吉斯斯坦科学院语言文学研究所、吉尔吉斯斯坦国立民族大学以及吉尔吉斯斯坦百科全书编委会等部门工作并进行文学创作和研究。出版有诗集《我的良知》《岁月的回响》等。苏联解体之后曾任吉尔吉斯斯坦驻塔吉克斯坦共和国大使。一九六六年加入苏联作家协会。

病房里的歌

病榻上
精疲力竭，无力动弹
胸闷乏力喘气困难
冷汗流淌
昏沉中入睡，游走于梦魇
心情沉重，沉没在痛苦之海

外面的世界
一如既往，美丽健康
微笑的太阳照样从山后升起
生命，快乐布满大地
嫉妒的心情让我无限神伤

闭上双眼
我的岗位就会空缺
即刻有人就会将其补上
生活绝不会停止脚步
新的行程从此开始起航

如果我死了
外面的朋友一如既往
他们会短暂地将我记忆
唯一的希望：
人们谈论
我的故事在他们口中传扬

我死了

光明的世界完整无缺

大地依然围绕着轴心旋转

享受美味

享受劳动

探求万般奇妙的世界

有什么幸福能够比健康更重要

叶列格雅 [1]

狂风不止的秋夜
我辗转反侧不能入眠
陌生人家宽大的窗外
风吹树动哗哗作声

千万片树叶齐声对话
千万种声韵汇成旋律的和声
哗哗的声音驱走睡眠之鹰
哗哗的声音拨动寂寞的心

不要吵闹啊，亲爱的树林，我亲爱的树林
你们的话语早已经让我泪湿衣襟……

在大山怀抱的村庄
一座农舍坐落于平坦的山岗
那里有一千棵杨柳
父亲曾将它们亲手植养

啊，我曾是一个多么幸福的少年
欢笑玩耍把蝴蝶追逐
听着那树叶的瑟瑟声
在如同催眠曲的和声里
不知自己何时进入梦境

1　叶列格雅：意为在痛苦的思索中创作出的诗歌。

不要瑟瑟地歌唱啊，亲爱的树林，我亲爱的树林
你们早已经让我泪湿衣襟……

自小一起长大勾肩搭背
我那亲爱的兄弟形影不离
树叶将我们从睡梦中吵醒
瑟瑟之声随清风吹入我耳中
春天给它们注入生命的绿韵

不要瑟瑟地歌唱啊，亲爱的树林，我亲爱的树林
你们早已感动了我的心……

母亲死去，随后父亲大病
最终也被病魔夺去了生命
当时也有树叶发出的瑟瑟之声
犹如向他们发出的痛苦诀别之声
唱出心中悲伤的挽歌向他们致敬

不要瑟瑟地歌唱啊，亲爱的树林，我亲爱的树林
你们早已经让我泪湿衣襟……

人生如梭无声地流失
伟大的时代如潮无法阻挡
人们啊，你们已经进入梦乡
没有听到树木发出的心声

人生终有一死毫无疑问
但不知我的生命何时告终
人们啊，我总是把这忘到脑后

我替你们静静地聆听树木之声

不要瑟瑟地歌唱啊，亲爱的树林，我亲爱的树林
你们的心声湿润了我的眼睛
我真想放声大哭情不自禁

想起过去的一天

夏季的烈日展开翅膀

整日盘旋在我们头顶

吐出火舌直到夜晚

夜晚凉爽

月光皓明

三天的昏迷

舌头僵硬不能出声

三天三夜与命运抗争

受尽折磨不甘与生命诀别

三天之内如同蜡烛

随时准备燃烧殆尽

第四天

在万难之中

示意要出门

病榻抬到门外

双眼迷糊

最终才得以勉强睁开

眼神里满是痛苦和失望

弥留之际环顾四周

天空湛蓝

天空湛蓝

天空湛蓝，湛蓝

一朵白云，孤独的白云
悄然飘浮在山顶
美丽的世界在眼前
发出迷人的光芒旋转
失去光芒的眼睛
无助地发出无声呐喊：

山顶啊
伟岸的山顶
山腰上铺着绿色青草
山顶，我的至爱
你怎能忍心让我离开？

山路，条条山路
光明的山路
尘土飞扬在你们头顶
但
走过的
走过的
却是无价的幸福

啊，阳光！啊！阳光！
此时要离开你
是多么
多么的
多么的痛苦！

人们啊！人们啊！
活着时都不知道

多么的美丽

多么的美丽

多么的美丽啊这个世界

第二天，我亲爱的妈妈

入土安葬，长眠地下

玛依热木坎·阿布勒卡斯莫娃
（一九三六年至今）

　　诗人。出生于凯敏区阿勒玛鲁村。一九五八年毕业于伏龙芝马雅可夫斯基女子师范学院语言文学系。一九五八年至一九九一年先后担任奥什州《列宁之路》报社、《阿拉套》杂志社编辑。一九六一年出版第一部诗集《给小朋友们》。一九七〇年因《信仰永在心间》等专集及《记忆说话》《你知道我的祖国》等长诗而获得吉尔吉斯斯坦列宁共青团奖。出版有《启明星》《祖国》《我那写不完的诗》《花儿祈求雨露》等诗集十余部。此外还出版过九本俄文诗集。一九六四年加入苏联作家协会。一九八〇年获得吉尔吉斯斯坦"人民诗人"称号。一九八四年获得吉尔吉斯斯坦托合托古勒·萨特勒甘诺夫国家文学奖。二〇〇五年获得吉尔吉斯斯坦《玛纳斯》勋章。

春　天

我的心遭受煎熬已经多年
春天光景早已从心里消散
我只能感谢真主的恩赐
我依然珍视美妙的春天

沐浴在雨中我感到幸福
如锦的花儿朵朵盛开
我心潮澎湃力量倍增
怎能不陶醉于这美景中

七代祖先的灵魂从大路走来
高山般成为我们的依靠
让那些心胸狭隘的小人
都像臭虫一样抬不起头

凯明¹山谷

松林苍翠密布的凯明山谷

美丽的容颜开始逐渐褪色

昨天白桦柳树还竞相生长

寂静幽暗的森林令人恐怖

人迹罕至的山崖上小路曲折

充满生机的山谷走向荒芜

雪豹老虎占领的参天大树

高傲的鹏鸟已被秃鹫代替

楚河之源富饶美丽凯明是渡口

都是令人神往永生难忘的美景

走一趟那满眼翠绿的美丽山谷

回味无穷让人久久无法平静

依萨克、阿勒²的灵魂犹在那里徘徊

多少人曾因是凯明人而满怀豪情

即便是生活的压迫而记忆衰退

它衰退的美丽最让人心碎

---

1 凯明：吉尔吉斯斯坦地名。

2 依萨克、阿勒：当地出现的两位著名诗人。

致儿子

我那刘海飘动的黄脸孩儿
你是给予我幸福的山峦
思念中的相见多么美妙
当你从远方归来之时

人生未知的路途十分遥远
生活的枷锁永远是一种羁绊
母子的拥抱如同炙热火焰
温暖柔情的怀抱是幸福之源

但愿故乡永葆淳朴乡情

芦苇无力摇动卧在地上
喷涌的泉水停止四处腾溢
思念之情已不知飞向何方
只有痛苦一直留在我心上

绿色花蓝色花黄色花朵
那美妙的夜晚月光沐浴山崖
聆听着河水有无数思绪涌动
那是我永远不能重复的光景

我寄托真情的燕子你在哪里
我放声呼唤声音却变得沙哑
很多朋友已经变得十分陌生
我的故乡啊，请您永葆淳朴乡情

目　录

康巴拉勒·波布罗夫
（一九三六年至今）

　　诗人、评论家。出生于奥什州诺卡特区奥斯尔村。一九五八年毕业于吉尔吉斯斯坦国立民族大学语言文学系。一九六六年获得吉尔吉斯斯坦科学院研究生院语文学硕士学位。一九五八年开始在《阿拉套》杂志任编辑。此后还曾一度担任苏联《真理报》驻吉尔吉斯斯坦记者，并在《吉尔吉斯斯坦少年先锋队》、吉尔吉斯斯坦科学院语言文学研究所、吉尔吉斯斯坦作家协会等工作。苏联解体后，曾担任吉尔吉斯斯坦语言协会会长、国会议员等。一九六〇年加入苏联作家协会。作品曾被翻译成俄文出版。出版诗集《爱情诗》《曙光》《诗人的心》《渴望书》等，此外还有小说集《东方女郎》《自由》《充满渴望的少年时代》和评论集《文学与时代》等。

我的高山

高山仰止我的高山

雪白的冰峰是大地的核心

无论到哪里你都在我心中

从出生起你就是我的亲人

起伏蜿蜒的雄伟高山

你的神奇从哪里可以找寻

我的祖先为保护你献出生命

曾经打退布满山谷的敌人

与蓝天争雄的高山

世上还有什么比你纯洁神圣

皑皑白雪是否我的眼光

雪白的毡帽是你的象征

冬季里展示娇柔万千的魅力

高山啊，数你对我最珍贵

骑着马在你的怀里畅游

我的激情澎湃思绪飞上九霄

夏季里在你的怀中多么幸福

美丽的高山啊！你是我的光明

我在你青青的草地上入眠

纯洁思绪升华而沉静

游子在外把你的身影思念

你的尊贵你的美丽我永远向往

你是我神圣的故乡和祖国

最为珍贵，让我敬爱

你的照片

重新整理过去的照片
回忆起过去最美好的时段
只要活着我就不可能忘记
你温柔的吻，我的吻……

我们的第一张合影
羞涩中你默默无语却心潮澎湃
我在左边紧张得额头上满是汗
那个紧张心跳的感觉依然难忘

它旁边还有很多其他照片
心与心相连，爱情之火点燃
我们眼中没有其他任何事物
即便是天塌下来也无所谓

还有一张里我们搭肩而坐
似乎这世界上只有我们两人
突然间你我变成了仇人
不知在哪里迷乱将命运转变？

我仔细观看：另一张照片，你独自一人
你同从前一样用迷人的眼神将我召唤
说实话现在我也心慌意乱
你开朗大方的性格曾让我痴痴迷恋……

你知道我们一起有很多照片

看着它们我心痛感到遗憾

无论我们之间有多大的仇恨

那些照片却依然保存着爱的火焰

重新整理过去的照片

回忆起过去最美好的时段

只要活着我就不可能忘记

你温柔的吻，我的吻……

玛丽娅姆·布拉尔基耶娃

（一九三七年至今）

　　诗人。出生于塔拉斯州阔祖巧科村。一九五九年毕业于吉尔吉斯斯坦国立民族大学语言文学系。一九六三年至一九六五年在苏联作家协会进修。之后担任教育出版部门编辑、报社记者以及吉尔吉斯斯坦作协驻塔拉斯、纳伦、伊塞克湖、楚河区等地方作协辅导员。一九五三年开始发表作品，一九五八年出版第一部诗集《水滴》，之后又出版《帕米尔之花朵》《善良》《母亲的爱》《涅瓦河岸的城市》《生命的春天》《火星》《明亮春天》等数十部。其作品曾被翻译成俄文、乌克兰文、乌兹别克文、塔吉克文、哈萨克文等发表。一九五八年加入苏联作家协会。曾获吉尔吉斯斯坦文化功勋奖章。

二十世纪的荷马

萨雅克拜[1]演唱《玛纳斯》

给所有事物赋予生命

眼泪顺着胡须流淌

连听众也跟着恸哭眼泪汪汪

他率领人们走进另一个世界

然后又返回到现实中

萨雅克拜唱起《玛纳斯》

摊开双掌高声祈祷

草原上……无数的牲畜……

马群骚动不羁撒蹄奔腾……

如同万千帆船同时起航

在湖面日夜游动

萨雅克拜唱起《玛纳斯》

不停地擦拭额头上的汗水

吉尔吉斯那古老的身份

得到最好的验证

高耸入云的阿拉套山

是我们神圣的家园

萨雅克拜唱起《玛纳斯》

吉尔吉斯人变成燃烧的火焰……

密集的星星从天而降

1　萨雅克拜：二十世纪吉尔吉斯斯坦伟大的《玛纳斯》史诗演唱家。

发出哗哗的声响……

萨雅克拜唱起《玛纳斯》
每天都是昼夜相连
如同空吾尔拜[1]正在冲来时
他极目远望，给人们指明方向
他给万物赋予生命

---

1 空吾尔拜:《玛纳斯》史诗中英雄主人公玛纳斯的最凶猛敌人。

古丽萨依拉·莫穆诺娃

（一九三七年至今）

诗人。出生于塔拉斯州康阿拉里村。一九六〇年毕业于伏龙芝马雅可夫斯基女子师范学院。一九六一年之后曾长期在《苏维埃吉尔吉斯》《吉尔吉斯斯坦》报、《吉尔吉斯斯坦妇女》等报刊担任编辑、主编。一九六四年出版第一部诗集《希望》，另外还出版有《灵感飞翔》《我的太阳》《铜铃》《生命的黄昏》《白鹿》《生命》《幸福的世界》等多部诗集，其中有两部诗集被翻译成俄文出版。曾当选吉尔吉斯斯坦功勋新闻工作者。苏联作家协会会员。

这个世界

诗歌和神奇构成的这个世界
我们永远唱不够也解读不完
我们出生我们创造我们获取
我们有反馈这就是生命的轮回

这是由太阳和光明构成的世界
拥有生命时不知感受它的美丽
我们只是它过路的一个宿客
弥留之际才会感觉它的珍稀

这是由欢喜和痛苦杂陈的世界
欢喜时我们天高心远自不量力
生命和死亡阴差阳错无法捉摸
明明知道我们却要把自己折磨

大地是一个永远不知疲倦的路人
每一天的清晨都要踏上人生历程
挑挑拣拣用新事物把旧事物替换
生活的道路绵延不停永远向前

如同太阳和月亮交替轮换
真理和谎言也一路较量一路相伴
即使在较量中丢尽了颜面
谎言却依然把我们死死纠缠

来到这个世界就是我们的造化

如同无边无尽的宇宙敞开胸怀

不要说人类，就是一块石头也须珍惜

将一切看作刚刚出生的婴孩

语　言

需要语言比刀锋利
需要语言比火炽热
只有这样才能避免
奥什城¹的流血事件

需要语言睿智深远
需要语言播撒温暖
让嗜血者惊慌失措
如同铁锤砸中要害

需要语言如同高山
能够阻挡任何阴霾
需要语言如同先祖
让人民和大地深思

需要语言如同英雄玛纳斯
需要语言如同珠玑满口的圣人
让心灵得到洗濯
犹如荒漠得到灌溉

需要语言如同蜂蜜
需要语言如同奶油
渴望走入心灵的语言
喉管里早已干渴无奈

1　费什城：吉尔吉斯斯坦南部的一个城市。

需要语言如同烛光
把人们的内心照亮
带领着群众百姓
在暗黑中找到归程

亲切的面容

你那亲切的面容让人心醉
无论到哪里都在眼前出现
如同那美好岁月亲切无比
心灵振翅翱翔环游太空

欢乐时你那迷人的笑脸
让我看到了世界的温柔
如果我在你面前莽撞无知
请原谅那是你的容颜令我迷醉

女人对女人哪能这样着迷
你温柔的举动是如此迷人
你的性格让敌人也失魂落魄
点燃他们心中情感的热火

你总是在我眼前笑容满面
如同故乡楚河温柔的阳光
犹如盛开在阿拉套山的悬崖之上
温柔纯洁激动人心的百色鲜花

善良的性格让你更加美丽
犹如黑夜中湖面上划过的月亮
就像十五的月亮挂在空上
走出阿拉套山寂静的黎明

饥渴的情感之花竞相开放
一句温馨的话语让我激动
这个世界把我如此吸引
是因为有你把世界点缀

请你小心

尽管没有把刀子插入心脏
要小心比刀锋利的舌头
要小心在任何无意之中
触疼了别人心里的创伤

要小心即使表扬自己的孩子
也会给无子者带来无限伤痛
尽管他们点着头用心聆听
内心却在悲痛中黯然抽泣

无意间向人们夸赞自己的男人
不小心却打碎了寡妇心情
她的心已经开始鲜血横流
一定要呵护她花一般柔弱的心灵

依靠别人的狐假虎威
把别人的命运当成笑柄
身穿华丽的锦缎内心空虚
我却洞察了你的心境

炫耀你的财富和金银
只会揭露别人的贫穷
自己把自己的秘密揭开
无意中回答了自己的疑问

秘　密

你向我哀求，我却故装矜持
虽然我也爱你但却没有表露
我还想让你再坚持一会儿
暂时把自己的真爱也隐藏心中

你反复表白不断哀求
在最关键的时刻走向绝望
我只是故意装作矜持清高
正要妥协扑向你时你却已黯然神伤

只要坚持一会儿你就会看到我的行动
如同成熟的果实向你低头
纯洁的心灵完全向你敞开
如同一座白毡房支起在你面前

只要你再坚持一下
我就会如同细雨向你洒落
对你那坚定不移的爱情表白
如同白夜一样对你敞开

我会找到吗……

你在哪里，我迷人的月夜
你在哪里，我银铃般的青春
你如此甜蜜如此珍贵
难道是为了诀别不再重来

你在哪里，活力四射的青春年代
你在哪里，那些甜言蜜语让人陶醉
眸光中满是神秘闪闪烁烁
你在哪里，充满希望的那些眼神

是啊，世界上没有比你美丽的语言
人间没有比你神秘的语言
让身体颤抖如同电流
世上哪有像你一样让人心动的语言

你那眼神如今我从哪里寻找
你是否会像从前那样热烈追寻
抑或那眼神已经改变
变得黯淡无光消失了从前的深情

祈求命运

命运啊，你可以不向我低头
你可以不给我点滴的光明
只要生命有阳光普照
只求你给我赐予真挚的爱情

你可以把我随意拿捏、扔甩
甚至把我像面团一样揉碎
我不会向你祈求其他
只求你不要给我的孩子带来悲痛

你可以无视我苦苦的叮咛
甚至可以将我在石头上摔碎
请你不要消除我对未来的点滴渴求
求你丝毫不要怀疑我心中的情爱

命运啊！你可以不赐予我幸福
也无须将财富挂在我的脑门
世界上没有比这更大的幸福和财富
求你放过我天真无邪的孩子们

托略干·玛蕆耶夫

（一九三八年至今）

　　诗人。出生于喀拉库勒加区夏尔克拉特玛村。
一九五五年毕业于奥什市师范学校，一九六三年毕
业于吉尔吉斯斯坦国立民族大学新闻系，一九七〇年
至一九九六年先后在《列宁青年》《吉尔吉斯斯坦文
化》《遗产》等报刊任编辑。一九五四年发表处女作。
一九七五年出版第一部诗集《神奇的世界》，其他诗
集有《心之歌》《红色早晨》《我的春天》《故乡的魅力》
等。一九八六年加入苏联作家协会。二〇〇〇年获得
吉尔吉斯斯坦劳动功勋奖章。

一位老人之死

失去了先前的气力
光明从眼眶中消失
决不放弃光明的世界
老人内心波澜且痛苦

一生中经历多少岁月
老人已感觉死亡临近
双眼稍稍睁大
手指微微指向门外

亲属们遵照他的意愿
轻轻地将他抬出户外
儿孙们七手八脚将他搀扶
默默地观察他的一举一动

慢慢地吸一口新鲜空气
放眼四周神情惆怅痛苦
抬眼望着太阳
深情而又专注

谁能知道他的心语
胳膊不停颤动
似乎用全部的身心
向太阳祈求光明

朋友们转过身去

谁能忍受这样的情形
老人开始沉醉
眼眶里闪出一朵泪花

眼睛里流出一滴泪
难道是一份深深的悔恨
也许是在自责
没能珍惜光明的世界

老人与狗

经历过战火的残酷煎熬
一个老头成了我的邻居

大概是战争结束前夕
他的左手遗失在了华沙

艰难的生活没有将他压垮
一只袖子塞进口袋他依然顽强地劳作

他用右手痴迷地护理自己的果园
干活漂亮干劲十足热情饱满

偶然想起自己的过去
他默默地吸着香烟吞吐烟雾很长时间

他的经历用一句话可以总结
生下一个姑娘之后妻子与他永别

他曾经偶然一次给我讲述
他的亲人生活在西伯利亚

我有亲戚生活在遥远的地方
但却从来没有音讯传来

他有何愿望，无人向他询问
独守空房只有一条狗与他相伴

只有那狗将可怜的老人陪伴不弃不离
生病时发出阵阵悲鸣十分凄惨

我的一位性格暴躁的邻居
差一点将这条狗射杀

任何生命最终会告别这个世界
可怜的老头与世诀别是在五月

没有人吝啬十元钱
邻居们凑钱把他的葬礼举办

生活有时如此残酷无情
没有亲人连他女儿也没有出现

老人的命运时时让我心痛
我决定前去赠一束花朵在他墓前

但眼前的情景让我感到震惊
甚至不相信自己的眼睛

这种事情人类也做不到
那条狗居然在老人墓前献出了生命

眼角上滴着血泪
那狗静静地躺着
把坟墓当作枕头

卡德尔拜·满别特坤诺夫
（一九三九年至一九九〇年）

　　诗人。出生于天山区阿里斯村。一九六一年大学毕业之后在中学任教，之后在地区党校、教育部门等工作。曾任吉尔吉斯斯坦出版社社长。先后出版十余部诗集。吉尔吉斯斯坦作家协会会员。曾获得阿勒库勒·奥斯莫诺夫文学奖和其他荣誉奖章。

五行诗

我要写你名字
用永恒的文字
在生命的宝座上
死神的手无法够到
爱情的宝塔上

闪电挣断了绳索
散落了无数珍珠
舞场：柏油广场
暴雨：芭蕾舞者
天空大地开始起舞

我是月亮，你是太阳
我的昼和夜由你执掌
你笑了我心才会放光
没有你我会悲伤
生命啊！亲吻我吧

你和我是一双眼睛
充满了同一种爱情
靠近时光芒四射
迷茫时黯淡无光
你我是一双眼睛

故乡啊！你的美丽
一千个泉眼

同唱一首歌曲

暴风中山峦挺拔

天空中繁星闪闪……

到处都有死神的火焰

眼睛或许会夺取瞄准对象的生命

我心中只怀着一个心愿：

老人们活得滋润有尊严

年轻人延续活泼可爱的生命

六行诗

追求前程我们出发
狂风中风驰电掣
坐上大轿车路途不远
左右摇摇晃晃
路途遥远，生命短暂
而我们总在路上……

贫穷时期慷慨而大方
我们让生活屈服低头
富裕时却抠抠唆唆
气度恢弘开始被人民思念
获得很多却还要乞丐般乞讨
财富难道就如此贪婪

我的心"唰！"地暗淡
当黑暗战胜白昼
我的脸如同旗帜般激荡
当正义战胜邪恶
当一切重返正轨
我会变得喜气洋洋

七行诗

智慧的凝聚点

灶台的幸福神

生命的美丽

心的柔情

后代的繁衍生息

生活的花色花朵

我向你们致敬妇女们

希望鸟自由自在

永远飞翔在蓝天

无论享受了多少幸福

却不会感到满足

无论如何不断盛满

却不见从内部外溢

永不满足的世界难道底部有漏洞

我等待着你

一直到晌午时刻

我的心向你飞翔

一直到月亮十五……

我的心啊！你如今在哪里？

傍晚，太阳已开始降落

圆月已开始残缺……

想起我的孩提时代

我从山头上看到了太阳

被命运不停地弹奏
从那时起直到现在
我沿着那道路独自走来
前途向我发出挑战
何时是月明不可预测……

诗 歌

诗歌是我神奇的光明世界
在我心中燃起爱的火焰
它是我的心语永远说不完
它是我的情人如同生命

诗歌如神圣旗帜引导着我
它是我生命的能量之源
它的旋律是我的青春放射银光
它是我的生活蓝天下如云翻卷

诗歌是我背负的干粮
是我手中紧握的幸福时光
它是我与人沟通的条条道路
它是我身后的足迹不断延长

卓洛尼·玛穆托夫

（一九四〇年至一九八八年）

　　诗人、剧作家。出生于卡拉苏区托略阔尼村。一九六二年毕业于斯克里亚宾畜牧学院，并先后在奥什等地从事畜牧兽医工作。一九七一年至一九八〇年担任奥什州广播电视台、吉尔吉斯斯坦国家电影工作者协会负责人。一九八〇年至一九八六年先后担任《吉尔吉斯斯坦文化》报周末版主编，吉尔吉斯斯坦作家协会秘书、副主席等。一九六八年加入苏联作家协会。出版有诗集《我爱火焰》《水的生命》《英雄齐乐坦》等。一九八一年获得吉尔吉斯斯坦列宁共青团奖，一九八九年被追授予吉尔吉斯斯坦托合托古勒·萨特勒甘诺夫国家文学奖。

浪漫主义

崇山峻岭中有一个山洞
传说中仙女们在那里团聚
草原上有一块平原让壮马跑一阵
故事中英雄在那里集中

一条河顺着幽谷流淌
故事里巫婆在河边梳妆
有一个山脊驼峰般起伏
传说中神驼奇骏不停翻越

死亡的鱼儿开口说话
"放开我吧，给我自由！"
纵马驰骋穿过戈壁
野生动物在山岗上问候致敬

山顶上长满闪烁的星星
顽童们骑着星星长大成人
牧放羊群的单身青年
摘取星星送到姑娘手中

人们自由自在心地善良
胸怀坦荡，恶念从不会膨胀
曾经前来侵犯的敌人
尸骨至今悬挂在峭壁之上

我爱火

每当看到熊熊燃起的烈火
我的心也会随之燃烧
我的生命也像烈火
但我依然渴望着烈火

我每天与太阳会面
竟不知其中的因缘
为了烈火般炽热的心愿
我总会把自己点燃

我不曾经历过黑暗

天气转暖我站在湛蓝的海边

面对日出目不转睛心潮沸腾

我极力追逐太阳不让它落下

却一生都不曾体会过黑夜

自由诗

我突然怀念哭泣的感觉

你也长久以来没有哭泣

他也是……

既然我们内心聚集了苦痛

那就来吧，坐下来我们放声哭泣

我们长久没有大笑了

多少美妙的笑声我们故意错过

那我们就开怀大笑吧

如果人类

在同一时间

放声大笑

宇宙也会颤抖

那笑声会惊天动地穿透宇宙

让我们笑吧

再一次笑吧

不要哭泣放声笑吧

如果人类

异口同声

放声大笑

宇宙也会颤抖

那笑声会穿越星空

让我们思念至极时才开始哭泣……

寻找你

寻找你在茫茫人海里

寻找你在美丽的果园里

你到人间是为了让我追寻你

我到人间就是为了寻找你

你的头巾是白是蓝还是黄

你头巾的色调是医治心灵的良药

如同秋天衰败枯黄的树叶

我的生命也不停地走向枯萎

寻找你在流动的人流中

寻找你在百花烂漫的花园里

你到人间是为了折磨我

我到人间注定是为了受折磨

你的裙子是黄还是红

坠入爱河却被你玩弄于掌中

也许这就是最大的幸福

一生追求却不见你的娇容

苏月尔库勒·图尔衮巴耶夫
（一九四〇年至今）

　　诗人。出生于巴扎尔廓尔古尼区。一九六四年毕业于吉尔吉斯斯坦国立民族大学语言文学系。曾当过中学语文老师。一九六六年至一九八四年先后在吉尔吉斯斯坦科学院语言文学研究所、《吉尔吉斯斯坦文化》报、吉尔吉斯斯坦作家协会工作。一九六六年出版第一部诗集《我们这里什么都能说话》，此后还有《向青春致敬》《晚上的电车》《光明之歌》《两座山崖》《神奇》《太阳眼》《星星》等多部诗集出版，其中有俄文诗集三种。有诗歌被翻译成英文、哈萨克文等。

戴白毡帽的年轻人

你，戴着白毡帽

自信满满地

在众人之间演讲

说出的每一句话

都要与头上的白毡帽

相配

成为燃烧的火焰

点燃人们心中的灯盏

你，戴着白毡帽的人

当你与恋人眉来眼去嘻嘻哈哈

迎面出现一恶棍

嘴里嚼着马鬃 [1]

你突然变得安静本分

缩手缩脚颤颤巍巍

绕到一边躲过那人

你的毡帽已经从头上掉落地上

你丢下自己心爱的姑娘

逃跑

那你就不配戴着白色毡帽

不要再玷污了白毡帽的名声

1　嘴里嚼着马鬃：在吉尔吉斯语中意为气势汹汹。

喂！戴着白毡帽的人

你骑着灰骏马

走在众人的队伍里

就让黑色雄鹰的呼吸

惩罚你吧

长出翅膀

蜡烛在你脸上燃烧

在无数的战场上

你冲出来

带着战利品

喂！戴着白毡帽的人

如果你有幸到达遥远的地方

也许你

已走在周游世界的路上

穿过人头攒动的广场

在罗马

在东京

要不在伦敦

昂首挺胸

头顶上戴着白色毡帽

你的脸上

高山的英武精神

在荡漾

从你话语中

散发着高山的气息

从你眼中
喷射出高山的神奇

敬畏你的白毡帽吧！

知道它的尊贵
不要因为戴上它而惭愧

你头上戴的
可不是普通的帽子
你要时刻明白
你是在顶着一座白雪皑皑的高山

你戴着白毡帽走过
英姿飒爽
所有人看到它
都会表达敬仰
向这顶象征冰山雪峰的
高贵毡帽

让它保持洁净吧
让它发出圣洁的光芒

你在众人中
赢得尊重和关注
这个帽子会给你带来
应得的尊严

白毡帽对你

十分般配

你和白色毡帽

就如同天生一对

生　活

生活狡诈，生活多情
昨天和今天有变化

你总逃不出它的砂轮
反复被它放在砂轮上磨打

在生活的折磨下
大腿骆驼般脖颈公牛般的
英雄也无能为力
无论是帝王皇帝
无论是力大无穷的勇士

它如同沉重的包袱
压在每个人头顶
即便是男人中的男人
也会被它摔倒在乱石丛中

它让一切由新变旧
让智者变得愚钝
让强壮的骆驼精疲力尽
让公驼受尽艰辛

让坚韧弯曲
让高傲屈尊婢膝
让强者不再强壮
让顽强俯首投降

到了寿命终结的那一刻

谁都不会逃过一劫

耀武扬威的尊贵身份

只能挣扎最后一时

最终也变得一分不值

乍一看，这就是我们的世界

在眼前时隐时现

如同神犬下凡人间

无论如何你都不可能追上

蓦然回首

就像翱翔的秃鹫下面

野骆驼独自游荡

再回头看时

野骆驼被它拴绑

动作迅速比你多变

浑身隐藏着欺骗

斗争使它变成这样：

巨人与人间的巨人

帝王与人间的帝王

百姓与世间百姓

人与人

风与风

大海与大海

热与冷

野兽与野兽

永远抗争，适者生存

让人看不到止境

把美人变成柔水

将老人毒害侵蚀

让好人享尽幸福

把恶人消灭吞噬

从不会犹豫地左顾右盼

摇摇晃晃一路向前

生活是我们的主人

这是亘古的真理不会变换

贾伊罗别克·别克尼亚佐夫
（一九四〇年至二〇〇二年）

　　诗人。出生于别德罗夫卡区凯戴依村集体农庄。一九六四年毕业于普尔基瓦里斯克国立师范学院俄罗斯语言文学系。出版有《信任》《冬天的森林》等十余部诗集。曾为苏联作家协会会员。

无　题（组诗）

一

一万年的时光

很久之前

宇宙发生了一次变化

一次颠覆

早已出现

就在那个时候

我们可怜的大地母亲

来到这个世界

发出一声呐喊

从此以后

所有的事物

都在呐喊中开始

又以呐喊结束

在生活的河流中

我们奔忙

却错过了很多美好珍贵的

呐喊

高山是大地的呐喊

森林是戈壁的呐喊

生命是人类的呐喊

我们应该仔细聆听

世间所有的呐喊

最无声的

最寂静的呐喊

最神圣
我喜欢独自行走
聆听着那些呐喊

二

我想达到极限
所有事物的极限
它背后会有啥奇观？
会发生什么？
山峦的限度在白云
爱情的限度在忘却
友谊的限度在官位
那后面还会有啥……

三

大自然很有趣地创造了我们
把自己的孩童般的时光给了我们
把自己转动大地的智慧赠予我们
把穿透水泥板的犀利眼神
赐予我们
把嬉戏
各种有趣的情绪和脾气
还有那永无停歇的探寻
大自然创造我们
补一补修一修的时候
把最后的希望寄托给了我们

四

有我们不知道的歌

我们还没有听过它们的旋律

但我们每时每刻都在期待

随时准备迎接它们的到来

常常期待

那是多么的美妙

啊，那是多么动人的旋律

平常的步履却充满神奇节奏

那些诗行啊

比渴望更有魅力

期待不能终结消失

即使所有的歌都要迟到

五

我不相信很多东西：

没有边界的豪言壮语

动听而空洞的言词

还有那总是豪情万丈的诗人

我有理由不相信……

不，最起码我都不排斥

照单全收

搜集起来沉入不信任之海

然后看到

大多数没有剩下什么

全都溶化殆尽

那些没有溶化的才被我藏在心底

六

戴着红色的领巾

各种有趣的人生命运

我看到了

新的情感

新的激情

从心灵深处涌动

当然，他们现在

只是铅笔的悲哀

勋章的欢喜

但是未来

但是未来

他们是谁的接班人

他们是谁的继承者

戴着红领巾的他们

叽叽喳喳地走在大街上

七

乡村旅馆

破旧的门

户枢已蠹

窗玻璃边角破碎

很多人被它们写入眼眶

我来了

说着老生常谈的惯用语言

我知道你的现状

并不咋样

即便如此我也喜欢

对于我

你的魅力

永远不会让人衰亡

爱 情

一

不想欢蹦乱跳送一束花儿
不想眉开眼笑献一首诗
我想伴随在她身边
一生赔着笑脸
我暗自想笑
作假
也许
对于那些爱哭的姑娘

我不说这是爱情
我不会说爱你
在泥泞湿滑的路上
与命运不期而遇
我血淋淋地躺在地上
你坐在我身旁
握着我的手
我不会收起笑容

二

恰似穿透黑夜的光芒
爱情穿透不同的季节
如同花花绿绿的花园

它的美丽让人眼花缭乱

那些花花绿绿的花朵
我注视着它们心早已飞翔
思念你我度过的那些岁月
我会将它们，像花儿一样抱在怀中

三

与天并肩的山峰很难到达

纯洁的光芒在冰川上永远闪烁
我会在爱情的火焰中取暖
我的心永远把你向往

月光，阳光将它调谑
光芒变得更加耀眼
人们的心情和人生同样如此
渴望着光明与美丽

过去的日子温暖燃着火焰
不会熄灭，一定会保存长久
不断追求永远渴望新生活
就是活着的意义和内涵

往日的火焰与热度
温柔地保存在心中
等待你的那些夜晚
由我记忆中的名字来证明

四

你的美丽我已向人们讲述
这不仅仅属于你个人
每个人都有权利赞赏
这是规矩，有人伸出手相迎

你的美丽如水如火如风
欣赏和渴望我们内心的潮涌
喷发出火一样的诗歌和音乐
就要印证生活的美妙

五

我握着你的手吻了你的唇
我心中的潮河就开始汹涌
你赐予我的感觉无法用语言形容
你的双手也早已失去了知觉

江河湖水瞬间变得很深
江河湖水同时涌向一个方向
就像开天辟地世界起源
又像世界有了一个结果

奥诺兹拜·阔契阔诺夫

（一九四〇年至一九九三年）

　　诗人。出生于江额交勒区阿克苏村。一九六六年毕业于吉尔吉斯斯坦国立民族大学新闻系。曾在吉尔吉斯斯坦各类报刊从事编辑工作。一九七五年出版第一部诗集《一棵树》。一生共出版过十余部诗集，主要有《闪光的世界》《梦境旷野》《夏季草原》《酵母》等。曾是苏联作家协会会员。

无 题

情绪失落

没完成任何承诺

学习停止

停留在农民的坎土曼[1]上

不要偷偷地

暗地里自言自语

把满足说出来

或者发出不满情绪

命运留在身后

没有实现自己的价值

受到的教育

比不上牧人的棍子

我苦苦寻找

不知我的幸福在哪里

难道是玩笑

要不然它在哪里

老人们已经过世

保存着自己的气节

寡妇留下

保留着自己的秘密

衣不遮风

1　坎土曼：中亚地区一种刨土的农具。

过去的艰难生活

如同一首诗歌

还没有书写

老人们走来

唠叨的话语让人心烦

坐在轮子上

风风火火

六十岁了还是缺一根弦

看到酒水

心花怒放

少年走来

还没有长大成人

在竞赛中

看不到任何英姿飒爽

无谓地说笑

女儿们要去算命

三十岁年龄

却还不曾嫁人

太阳在转动

如同磨盘

自寻开心

成为爱人的眉梢

瘦削的肩膀

汗水滴滴流淌

如同输掉的赌徒

绝望的泪光

芦苇舞动

如同牧人的公驼

大地被分割

如同拼接的补丁衣装

村庄在长

以自己独特的方式

无胡须的男人们

成为人们的笑柄

风在走

剥光了房屋的衣裳

日子急急匆匆

如何追逐都会挣脱你的手掌

懒惰的人

不停地往城市逃亡

在门口

从来不立拴马桩

内心受伤

还没有完全愈合

生命存在

还没被泡软

如同坚硬的奶酪

曲曲折折

条条大路彼此交织

如同穿着睡衣的美人

没有脱光

图热热·阔卓穆比尔迪叶夫
（一九四一年至一九八九年）

　　诗人。出生于卡列宁区萨尔布拉克村。一九六六年毕业于吉尔吉斯斯坦国立民族大学语言文学系。曾先后在《吉尔吉斯斯坦少年先锋队》报、吉尔吉斯斯坦出版社担任编辑。一九五九年开始诗歌创作，出版有《水池里的月亮》《我的家乡》《山顶上的月亮》《太阳、大地、心》《没有熄火的火塘》《淡红色夜晚》《发光的窗户》《礼物》《诗的源泉》等多部诗集，多部作品被翻译成俄文、英文、法文、乌克兰文、哈萨克文、阿塞拜疆文等发表，并有七十多篇诗歌被谱曲演唱。一九七〇年因诗集《红苹果》《清晨交响曲》而获得吉尔吉斯斯坦列宁共青团奖。

我与太阳

看不到狗，但我能听到它的吠叫
看不到火焰，但我能感觉到它燃烧
甚至我不曾看见
儿子出生时的笑脸

黑暗总想蹂躏并遮盖阳光
这种感觉把我的心灵纠缠
我那美丽娇妻的容貌
时不时能在触摸中看到

我驾驭情感翱翔在宇宙间
"艾萨拉穆！"[1] 这是我每天对路人的呼唤
我用头脑、双手、心灵触摸光明
黑暗被压在我的脚掌下面

啊，伟大的太阳，心中的童年时光
你无限美好，找不出半点瑕疵
我俩曾经如此亲密无间
如今却相隔遥远无法会面

不要缺损，光芒四射到永远
让你的缺损向你的无限致敬
如果有人能够让见你一面
我会倾尽所有表达谢恩

---

1 "艾萨拉穆"：吉尔吉斯人彼此间的问候语。

黑暗如同瘸子的一副拐杖

而你却是我健康光明的期盼

敌人从我眼睛里将你射穿

而你却在我马驹[1]的眼中永存

1　马驹：这里有儿子的含义。

我与死亡

无论在山里那牧草荡漾的青青草原

无论是在冰凌飘飞的严冬腊月

无论穿行于果实累累的苹果园

无论在春天暴风骤雨的夜晚

我们胸前戴上一朵小花

同穿一双长靴一件衣裳

每时每刻，死亡为我挖着墓穴

每时每刻，我希望它能够绝望地倒下

我们同穿一个衬衫一个坎肩

我高兴时它会妒忌痛苦地剺面 [1]

我真想永远让胜利的旗帜飘扬

喜悦之情永远在心中荡漾

无论在冬、在春、在夏、在秋

我们都在同一个蓝天和太阳下生活

死亡总是不忘为我安放铁夹

而我总希望它忙中出错

我们在一起如同时好时坏的朋友

但我们的矛盾永远不可调和

掐脖子，推下山谷，虎视眈眈

1　剺面：某人去世时，其夫人为表达内心的痛苦，用手把自己的脸划破，是
一种古老的习俗。

抡起大拳彼此攻击永不停止

岁月轮换，春夏秋冬交替
世界换颜，我等待幸福的爱情
无论在何时何地
我都抡拳将死亡打倒在地

初　恋

曾几何时岁月已经轮换
漆黑的头发也被白雪洇染
多少岁月流失不见
初恋情人始终在眼前

电闪雷鸣，乌云在翻滚
我们却悄无声息寂静无语
我转过头去止不住泪珠滚滚
当你说完"再见！永远！"

青春涌动在你迷人的脸上
你那双唇胜过润滑甜美的葡萄
让时空低头服从由我操纵
每天都让你入我梦中

我思念我们在一起的美好时光
我渴望你的声音萦绕在耳旁
我恳求但你别向我伸手
把美丽的花朵向我奉送

我的日出东方

我开始不停地东张西望

千万遍重复着心中的表白

日出东方我把你苦苦等待

你说过要来不知是否真心

山谷之水翻腾滚动变成泡沫

树木歌唱摇动着千万片树叶

我的东方！你尽快来吧，不要再让我等待

你风中飘逸的头发一根一根

岁月无情我为你受尽煎熬

我甚至怀疑你是否真心

我不敢轻易离开

因为我的马缰绳握在你手中

我开始不停地东张西望

千万遍重复着心中的表白

我的东方啊！我对你的爱

不断地深入我的心脉

巴依铁米尔·阿散阿利耶夫
（一九四〇年至今）

　　诗人、翻译家。出生于天山区切特奴拉村。
一九六三年毕业于吉尔吉斯斯坦国立民族大学语言
文学系。学生时代就开始发表诗歌。一九六三年至
一九九一年曾在中学任教，任学校出版社编辑、吉尔
吉斯斯坦电影制片厂译制部翻译、《蒲公英》杂志主
编等。一九六七年出版第一部诗集《夏天的色彩》，
之后又出版有《鱼的旋律》《邂逅》《遐想》《每天开
放的鲜花》《动物的习性》等。翻译出版过大量诗歌作
品。作品也被翻译成俄文、阿塞拜疆文、哈萨克文、
立陶宛文、塔吉克文、土库曼文、捷克斯洛伐克文等
发表。二〇〇一年获得吉尔吉斯斯坦文化功勋奖章。

真　理

谁见过真理为何物？
抑或它只是梦中的幻觉
有真理，但到达它的路途曲折而遥远
想找到它需要顽强的毅力和决心

当人类作为人类出现以来
虚伪和丑恶总是与他们为伴
有人提议将它们彻底消灭
想方设法绞尽脑汁

两者的斗争永不停止
真理不会证明自己，也不会退出
所有善良都由它维护
把所有的污秽贪婪视为自己的敌人

多少人为真理流下热泪
人间找不到时只好祈求上天赐予
突然间无缘无故遭到诬陷
多少人高声抱怨怒发冲冠

有人将真理把玩如同茶饮
也有人瞻前顾后谨慎小心
有人把真理当成钱财
正午时到市场将它贱卖

坚持不懈维护真理是英雄好汉

他们说话公道办事公正
不会为私利而四处求人
办事低调心中装着民众

有真理，我对此毫不怀疑
心术不正者永远不会与它邂逅
我们应该用放弃来呼唤真理
有了它我们才会有做人的尊严

到达真理只有一条道路
它是多么美好多么神圣
内心装着公正，永不放弃
不必寻找其他任何途径

秋天的花儿

秋天的花儿五彩缤纷

如同妙龄少女

你找不到任何瑕疵

美不胜收让人赞叹

乞求的眼神充满忧伤

目不转睛看着你

好像在说：

赶快伸出手吧

时机一过不再来

沁人心肺的香气

播撒在草原上

想起它们的命运

却让人无限神伤……

贪婪地吮吸着阳光

如同燃烧的火焰

沐浴在秋雨中

苦苦地，不知把谁等待

低头向吹过的风致敬

温柔地轻轻鞠躬

告别的时刻已经到来

也许明天就会凋零

给周边的金色添加美丽
莞然而笑那么温柔而多情
它们无法逃脱命运的安排
生命短暂却分外辉煌……

火

我们在毡房里
乌云笼罩
天空满怀怒气十分阴暗
我们皱着眉头坐着
木柴已经烧光

母亲不时地进进出出
手忙脚乱不知咋办
我们坚持静坐
渴望着从火塘中取暖

毡房外的晨雨
早已变成了细雨绵绵
我暗自遐想：
如果我懂得魔法
就一定能改变现状

没有过多久
父亲回返
从山上背着一捆木柴
好事出现端倪
天窗盖也已拉开

火烧起来
红红的火焰
舔着锅底

好像对火焰发出祈祷
我们脸上轻松而温柔

火越烧越旺
柏枝劈啪作响
赐予我家无限欢乐
火焰像神火把我们召唤

托克吐逊·萨穆迪诺夫
（一九四一年至今）

　　诗人。出生于索库勒克区。一九六三年毕业于吉尔吉斯斯坦国立民族大学新闻系。之后，他先后在吉尔吉斯斯坦国家图书馆印刷部、国家电视台、《列宁青年》报等当编辑。一九七一年出版第一部诗集《只有山彼此不见面》。之后出版的诗集有《慰问信》《赛马》《爱情草》《金首饰》《摇床曲》《伞》《不要让尘埃污染了语言》《奔赴婚礼，朋友们》等十余部。一九九四年获得吉尔吉斯斯坦文化功勋奖章。一九九二年和一九九七年先后获得阿勒库勒·奥斯莫诺夫、托果洛克·毛勒朵文学奖。二○○七年获得吉尔吉斯斯坦"人民诗人"称号。

没有回复的信

突然间整个世界开始燃烧
初恋的开始如梦如幻
她嫣然一笑让心如飞鸟翱翔蓝天
她的怒气让我心慌意乱痛苦不堪

爱情是什么？我一度毫无知觉
最后还是没能逃脱它的纠缠
荏弱的我，万难中才将情书递出
偏远山区没有人送出花束

青涩懵懂的少年时代，青年时代
这样的情书不知送出了多少茬
等待回复……心怀阳光般的希冀
只用一丝朦胧的情感做交换

情书啊！你们没有任何过错
也许被撕碎也许被烧毁
你们完成自己的使命
如同外出巡逻却没有回返的士兵

同村的老人

人老了
是否重回童心……

有一老头
曾与孩子们玩耍

艳阳高照时
他走出家门

我们为找老人
叽叽喳喳如同小鸟

我们说三道四
惹他欢笑

他却做裁判
看谁力气大谁跑得快

我们总会顺手
抱在一起不顾一切地摔跤

老人坐在一边
表扬我们却找不出合适词汇

挂着笑脸
似乎要把奖品分散

他从口袋里拿出糖果
给我们一一均分

没有人赌气
我们都很满意

勇士不是一人
而是我们全部

他胸怀无限神奇
无穷魅力

慢慢悠悠
从古老的故事讲起

他的故事
充满悲怨和忧伤

如同他浑厚的声音
引人入胜

我们瞪大眼睛侧耳聆听
那天的风声

当天晚上
按时睡眠绝不可能

那些故事那些传说
沉入记忆

直到如今
让我们把很多事情反复回忆

栖落在记忆中的那些话语
总是不断地过滤

很多夜晚通宵达旦
我都没有一丝睡意

如同消失不见的白雪
无声无息……

牧村里的那位老人
最终死去

美

湖水美丽因为有银色的粼粼波光
忽而波涛翻卷，忽而陷入沉寂
森林美丽，森林中的泉水美丽
淙淙流淌，给草原带来美妙的歌声

大自然可爱的造化
给牲畜，给生命均分财富
自古以来变成歌变成诗
无边无际的旷野多么美丽

在湿地在芦苇丛寻找家园
遥远的旅程停歇一程
花脖子的大雁和野鸭多么美丽
傍晚时绕过夕阳里的村庄

太阳降落匆匆地寻梦家乡
远处的云彩穿上了霓裳
寂静笼罩的傍晚多么美丽
田野中吃草徜徉的牲畜

顶着白雪的山峦美丽
每一条山谷都有自己独特魅力
奇幻无比的世界多么美丽
欣赏这些美景的人更美丽

卡尼别克·居努谢夫
（一九四一年至今）

诗人，主要以儿童诗歌创作见长。出生于纳伦州阔其阔尔区阔什多别村。一九六三年毕业于斯克里亚宾畜牧学院。早年曾在土地规划部门工作，后来在吉尔吉斯斯坦作家协会工作，曾加入苏联及吉尔吉斯斯坦作家协会。曾获吉尔吉斯斯坦国家儿童文学奖及托果洛克·毛勒朵文学奖。出版有二十多部诗集，其中大多数诗歌为儿童创作。作品曾被翻译成俄文、土耳其文、西班牙文、乌克兰文、白俄罗斯文等多种语言。很多诗歌被编入中小学教材。

掉在地上了

小狗咬住梧桐树叶
来到鸭子面前说：
"这是你的脚掌吧，
怎么掉在了地上？"

靠得更近一点

天上的星星
我——进行清点
为了靠得更近一点
只好爬上了屋顶

清洗月亮多么惬意

在我的窗户上
圆圆的月亮在闪亮
当我擦洗窗户时
连同月亮一起擦洗
让月亮变得更加洁白
清洗月亮多么惬意

老　鼠

老鼠见到康拜因[1]
心里暗自在思忖：
"它如此贪婪地吞噬麦子，
难道不给我们留一些！"

1　康拜因：联合收割机。

鱼的诘问

这么多动物
生活在陆地
为何它们没有水
居然还没有被憋死？

猴　子

熙熙攘攘自由自在
让我感到很奇怪
人类为何如此相似
与我们这些猴类

嗞嗞叫

在旷野和森林里
我听不到任何声音
静静地侧耳细听
只听到蚂蚁的肚子在嗞嗞叫……

风也怕冷

在冰冷的冬天
大风也会怕冷
每当房门打开时
它趁机进入房中……

乌　龟

对自己之外的动物
感到异常惊奇：
"难道不知道走路吗？
为何总是在跑……"

影　子

影子也像我们一样

变得十分懒惰

我掀开一个树叶

它正在那里躲藏……

绿色的桥

树叶，树叶
颤抖的翅膀
盛满露珠的
绿色碗盆

在骄阳的照射下
变成一串串绿色火焰
绿色的故事，绿色的语言
写在绿色的页面上

树叶，树叶
美丽的绿色桥梁
虫子蚂蚁各类动物
匆匆忙忙不断走过

生命就是这样

哗哗的倾盆大雨
不顾一切地下，畅快淋漓
忽而一阵四周重回宁静
太阳如同婴儿的脸蛋在天空出现

世界突然间变得美丽无比
大地变得蓝色清纯
每一颗水滴都拥抱着太阳
闪闪发光如同大自然的珍珠

它们坐在松树上
在树叶上闪亮
最后这些水珠不耐烦
叽叽喳喳做出决定：

"我们坐在这里得不到任何好处，
永恒的美丽也不能伸手可得，
还不如下落到地面，
去追求欢乐与幸福。"

"我可不去，我可不去！"
一颗水珠说它不想失去自己的美丽
"我坐在这里让所有生命欣赏和嫉妒，
这就是我最大的快乐和幸福！"

"不要这样！你最好与我们并肩行动。"

"我绝对不能！"

"那你自己遂愿吧！"

水珠们纷纷飞落到地面

在欢乐的嬉笑声中

它们按照心中的意愿行动

如同泉水，发出美妙的合唱

往下飘落，为了给农民带去快乐

向着美丽的大地和村庄

水珠里有什么神奇的秘密

给果实、庄稼和葡萄赐予生命

它们就这样转变成为生命

变成了果实累累的收获

那颗傲慢自恋的孤独水珠

也没有传来任何好消息

它所得到的：早已经干涸消逝

自己毁灭了自己生命的美丽

库尔班纳勒·萨比诺夫
（一九四二年至一九八一年）

诗人。出生于来列克区呙尔朵依村。一九六六年毕业于吉尔吉斯斯坦国立民族大学。一九六六年至一九八一年长期在巴特肯州从事中学老师的工作，后来在地区报纸、电台、出版社从事编辑工作。一九七四年出版第一部诗集《阔兹与巴格兰》，此后又出版《光泉》《杏园》《心中的太阳》《遗嘱》《中年》等诗集。一九九〇年，其诗集《遗嘱》获得阿勒库勒·奥斯莫诺夫文学奖。一九八〇年加入苏联作家协会。

我的故乡阔兹巴格兰

噢，我的天蓝色阔兹巴格兰
只要活着我就有这个心愿：
我要像你一样
汇集所有的美丽
在我的故乡变成欢腾的河流

噢，我的充满欢笑的阔兹巴格兰
我不后悔在你的岸边长大成人
我却后悔与你离别
如同你波涛中滴落的水滴
我的诗句
滴落在笔记本上

噢，我的珍珠般的阔兹巴格兰
你就是纯洁的生活
流动的幸福
谁如果有幸
能够品尝一口
就会获得一生的享受

你出生的地方是金色摇床
你穿过紫光反射的万千山崖
不停流动
多少马蹄蹚过
留下多少故事……

噢，我的鬈发的阔兹巴格兰

多少世纪

你独自一人不停地歌唱

你的歌声只有翱翔的飞鸟聆听

夜晚来临时

山谷在你的歌声里沉醉……

故乡有了你

年轻人自信地放声歌唱

你虽然早已是

超越世纪的年龄

但这却是你

永恒的重生

在梦中

我在故乡游荡

自由地

我的心多么舒畅

激荡的心情无法阻挡

我走来

审视着熟悉的故乡

一刹那

我猛然停步

看到山脊上

母亲的身影

默默地眺望远方

她紧盯着山路

长久地期盼

似乎就像月亮

正好栖息在那山脊上

慢慢地慢慢地

她从山脊上滑下

静静地走进房门

恰似一轮皎洁的明月……

眼泪早已将我的视线阻挡

我最终

走到家门前停下

情不自禁放声大喊：

"亲爱的母亲啊！我来了！"

母亲打开房门

走出来

就像一个炙热的太阳……

敏迪·玛马扎依诺娃

（一九四三年至今）

诗人。出生于喀拉苏区空吾尔贾兹村。毕业于奥什国立大学语言文学系。曾长期在广播电视部门做制片人，后来在刊物担任编辑。一九七五年出版第一部小说《暴风雨》，一九七九年出版第一部诗集《你好，太阳》，之后又有中短篇小说集《夏季最热的日子》《白翅膀的燕子》《出生长大的房子》等，一九八八年出版长篇小说《黄鹂》。一九九三年获得吉尔吉斯斯坦文化功勋奖章。

致人们

我很伤心
痛苦的生命缓缓挪动
我要歌唱
它总会变得愈加悲伤
却如同划破大地的泉水
我是孤独与悲痛的生命

我就用那种失落的声音
将世界的某一个角落赞颂
不要用诽谤与讥讽把我掩埋
请安慰我容易受伤的心灵

我即使用半颗心歌唱
也会把生活的痛苦填平
请你暂时放下生活的重担
今天到我诗歌集市来逛一逛

集市上的很多事物无人知晓
它们多么神奇而美妙
甚至灵魂也曾前来聆听
那里有情感真挚诗歌和歌声

节日来临
我的眼神充满欢欣
我会将它们
播撒在你走来的路径

我会将那孕育诗歌的火热心灵
变成灯盏交到你手上

这颗灯盏会照亮你的一生
会给你的血脉增添动能
让你永远忘却孤独
人们啊！
我会变成生命潜入你心中

充满忧伤的世界

这是什么样的世界？

忧伤永无止境

我思念着你

身心俱疲

开始衰败

每每想起时

总是给我带来痛苦和悲哀

我会停止思念

只要你是万人中的一人

我不会思念

如果你的声音不敲打我心

我不会痛苦

如果对你的思恋不是那么强烈

如果不是这个秋天离开人世的

歌者的哀歌

拨动了我内心深处的思绪

你的雍容华贵

给我送来启迪

你说不要哭泣

这话将我不断地安慰

你我相识的那个金秋

久久缠绕着我的思绪

狂风翻卷
挑拨着我的悲痛

这个生命
难道比眼泪还要苦涩
吞噬着肉体
折磨着我的心灵
诗人和歌手都不放过
狂风肆虐的世界
今天依然在肆虐……

我与你一同哭泣
一同欢笑
我与你牵手
度过了可怕的岁月
如同镜子
紧紧地藏在我怀中

我读着你
如同读一本珍贵的书籍
我视你为幸福
全身心地爱着你
害怕你从我的指间掉落
如同项链
把你当成珍珠戴在脖颈

悲痛的世界
不要与诗人纠缠

我们受尽煎熬

痛苦地活在这个世界

如同我戴在中指上的指环

轻易地

就让死神把你劫掠

纳德尔别克·阿勒木别考夫
（一九四四年至今）

诗人。出生于塔拉斯州阔兹恰克村。一九六七年毕业于塔什干纺织工学院。曾长期担任纺织厂工程师和厂长等。一九九六年至二〇〇四年担任吉尔吉斯斯坦作家协会主席。出版有四十多部诗集。其中有很多诗歌被翻译成俄文、法文、英文、乌兹别克文、哈萨克文、塔吉克文、格鲁吉亚文、阿塞拜疆文等。有两百多首诗歌被配曲演唱。曾获得过多个奖项。

鸣叫中远去

我活着
似乎与另一个世界毫无关联
如同永不熄灭的灯盏
人生就在眨眼之间
犹如从眼睫之间掉落的水银

骑上思绪的骏马
我变成一匹无可比肩之神骏
轻松地跨越深涧高山
好事总是非常短暂但让我陶醉
犹如吃饱奶的婴儿安静睡眠

无奈啊
过去的日子已经随心所欲
彼此连接的车厢不停地移动
驮着斑驳陆离的旧的人生
我的机车拉响汽笛
在鸣叫中逐渐远去

越来越少

真主让我拥有语言的富矿
让我不停地将它编织延展
我的诗歌让我的精神变得富有
却让我假装笑脸囊中羞涩

少年时代已经逐渐远去接近视野尽头
不知道走入墓穴的路途还有多远
但愿真主赐予我的美丽语言
不要在我肚子里腐烂

我的语库深藏在胸中
有多少已经在纸面上兑现
珍贵的语言总会留下点什么
但是它的聆听者却越来越少

女 人

女人是一个美丽世界
有她在生活富裕而安逸
她是真主赐予的幸福无限
每一天
怀抱月亮迎接黎明

火一样滚烫的婴儿是新的开始
对孩儿放心却非同一般
亲吻着婴儿彻夜不眠
难道是母亲特有的福运

溢满美妙幻想的思绪是一种幸福
铺满金色麦浪的田野是一种幸福
散发出迷人的气味躺在你怀里
对于女人的渴求怎会越发强烈

难道大自然就是这样神奇
无论睡眠还是清醒地度过每一个夜晚
如果不能与心爱的女人相伴一生
是我们永远无法愈合的伤痛

给故乡的信

老房子孤零零地立在我的故乡
千万不要因为主人不在而将其拆除
我与你们是连根的本家亲人
可千万不要把我从族谱中删除

大路边立着一座破旧的土房
你们就试想有一位亲人还在世上
那是我父母亲美好的心愿
千万不要将其后代遗忘

请将稀疏的树木照看
巴掌大的土地也请你们坚守
如果我无奈中不能前往
人生无法操控
就请你们将我的孩子写入家谱中
让他们为亲人成就人生
如果成长为一只翱翔之鹰
请你们精心地将其翅膀呵护

阿纳泰·奥穆尔卡诺夫
（一九四五年至今）

　　诗人。出生于玛纳斯区且其多别村。一九六六年毕业于吉尔吉斯斯坦国立民族大学语言文学系，之后便赴塔吉克斯坦穆尔卡普区任教。一九七一年至二〇〇六年先后在《苏维埃吉尔吉斯斯坦》报、吉尔吉斯斯坦出版社、文学出版社等担任编辑、社长等。一九七三年出版第一部诗集《清澈的情感》，之后又先后出版《燕子》《金色山谷》《第一场雪》《绿岛》《白天里的黑夜》《没有天空的日子》《祝福》《诗歌选》等二十余部诗集，其中有诗集用俄文出版。一九七三年加入苏联作家协会。二〇〇五年获得吉尔吉斯斯坦"人民诗人"称号。

民　歌

民间传统世代流传
金子般不朽无数岁月
永恒传唱……

起飞时它是翅膀
战场上它是武器
民歌……

你的魅力如同种子发芽生长
后辈们痴迷着你
继续发扬……

你是我前进的道路
你是我伸出的手臂
民歌……

如同天上闪烁的星星
无论春夏秋冬
顽强地成长
成长……

我的命运与你们相连
漫长而珍贵的历史藏在你们身上
如同河源处纯净的泉水
诗歌的源头
从婴儿开始无人不听

民歌……

只要人民存在
你们的生命同样源远流长
民歌……

考姆孜琴

这是从远古流传的礼仪
吉尔吉斯的三弦考姆孜琴

它那动听的旋律
保证你平安四千年

琴弦清晰动听
讲述着祖先的历史
满足你所有的渴求
那种美妙如同生命

你的旋律让人陶醉
似乎要展开翅膀向着太阳飞翔
动听的旋律多么神奇
似乎要把失去的一切全部找回

在这个虚伪的人世间
我依然感到幸福无限
作为吉尔吉斯的子孙
只要听到你迷人的旋律

我用诗歌书写续集
这是我要向后代的叮嘱
即便是死亡之后还有死亡
我也想用生命把你珍藏

树　叶

深秋的规则和姓名

纷飞的树叶

书写着

心灵的神曲

把一切写在脸上：

太阳的秘密

爱的歌曲

时间的

飞快步履

在风中簌簌瑟瑟

如同老人最后一颗牙齿……

树叶

飞鸟录制的音带

鸟儿飞过

纷纷掉落

如同树的眼泪……

如此众多

就像诗人们献给秋天的

诗歌

不停地飘落

不停地写作

变成永恒的秘密

写下的诗句

要流芳百世……

若扎·卡拉古洛娃

（一九四六年至今）

　　诗人。出生于塔拉斯州塔拉斯市。一九七〇年毕业于吉尔吉斯斯坦国立民族大学语言文学系，曾长期从事教师工作和编辑工作。出版有五部诗集，为吉尔吉斯斯坦作家协会会员。

走向上帝

雨下吧

从我那太阳抚摸过的前额

今天我就是自己喜欢的蒲公英

与星星悉心交谈

我是风

穿上了轻盈的长裙

我是星光洒落的泉水

我是一条挂着红帆的航船

在波涛汹涌的大海

勇往直前

我是鸽子

划过天空时嗡嗡作响

知道天空辽阔空远

我从不对敌人给予答复

从今往后不会与你交谈

你仇视我算是白搭

我早已是思想解放的一员……

所有事物都爱着我

是一个拥有幸福的人

与我邂逅的所有人

还有流动的汽车

收音机里听来的歌曲

绿色可爱的果树

所有人追寻的幸福鸟我已找到

可爱的世界啊

我已经如此懂你

月光纠缠的生命

巴斯奥[1]走过的道路上

岁月给其身影投下光明

我对他说：

我也拥有你一样的爱

请让我一路将你伴随

月光下

诗人脚下的道路逐渐泛光

小路载着诗人前行

最终与世界之路

彼此交会

每一次行动

都与造物主呼应

诗人走过的

每一条路径

我最终会看到巴斯奥

将与泰戈尔、巴赫会面

遥望萨雅克拜

低头致敬……

彼此默默承认

命运之神选择他们会面

巴赫微笑

阳光洒在哗哗的水面

蒲公英在风中飘摇

我看着自己的命运

1　巴斯奥：诗人的名字。

产生正义的思想

我的思绪就像一朵野花……

被音乐的细雨唤醒

澎湃的思绪让我激动

那是萨雅克拜燃烧的火焰

伟大的玛纳斯之光啊

请你永远把吉尔吉斯人佑护

慢慢地走，融入自由

我的生命在轻风中劲舞

永恒的思想重新苏醒

美丽啊！

只要你相信

泰戈尔陷入沉思

身边站着荷花一样的美人

"你的双唇由微笑构成

如同鲜花亲吻之后便凋零"

诗人意识到大自然的爱心

从她的智慧和美丽的面容

泰戈尔那高贵的身姿

造物主赐予了一颗华贵的心

荒野中踏着沼泽前行

野花聆听着他的歌声

当满月照亮整个傍晚

山涧河水的哗哗之声

给山谷献上了生机勃勃的新生

我还想起柏树的气息

还有那雄鹰的眼睛……

哦，造物主啊！

我要无限感谢你

人们都成了生活的俘虏
我却变了
成了一只自由的百灵
不会轻易向苦难低头
我的心又开始了聆听
世界又开始站在我面前
恰似童年时期的光景
生活和自然都向我微笑
注视着我
明白了我的处境
我的幸福开始踏步前行
在孤独中
"唰！"的一声
又见一个完整的心灵

阿丽玛西·乔伊别克娃

（一九四七年至今）

诗人。出生于托合托古勒区凯特曼多别村。
一九七三年毕业于贾拉拉巴德师范学校，一九八〇年
毕业于吉尔吉斯斯坦国立民族大学新闻系。曾长期在
制鞋厂、水利部门、话剧团、中学、广播电视主管部
门从事工人、话剧演员、中学教师、新闻记者等工
作。一九七九年出版第一部诗集《白云》，另外还出
版《诗歌选》《生命的欢乐》等诗集。一九八一年加
入苏联作家协会。

英雄玛纳斯正赶来参加庆典

阿克库拉 [1] 骏马的嘶鸣

响彻无垠的旷野

为了见到阿拉套山

自己的后代

那是玛纳斯向我们走来

领着四十个勇士

还有夫人卡妮凯

将闪电做成宝剑挂在腰上

皇后穿着蓝天缝制的长裙

星星穿在一起成了珍珠项链

"算了吧！"

让太阳照旧环行

月亮如烛握在他手上

这是一千年的召唤

他有话要对民众讲

萨恩拜、萨雅克拜 [2] 陪伴着他

阔绍依、巴卡依 [3] 白胡子仙人

睿智超凡

阿勒满别特、楚瓦克、色尔哈克 [4] 为首

---

1 阿克库拉：史诗英雄主人公玛纳斯的坐骑。

2 萨恩拜、萨雅克拜：二十世纪吉尔吉斯斯坦两位《玛纳斯》演唱大师。

3 阔绍依、巴卡依：史诗《玛纳斯》中的人物。

4 阿勒满别特、楚瓦克、色尔哈克：史诗《玛纳斯》中的人物。

成千上万的队伍走来

从远方

高举镶金月的红色战旗

战鼓敲响

高呼口号

英雄们英武雄壮的身姿

如同冲上蓝天的熊熊火焰

看一看故乡的人们

个个都是满腹经纶的智人

彼此尊敬做出贡献

世界的精英都在这里集中

曾经留下伟业和遗产

成为世界之林的一员

艰难的路途上没有消失

早已经历了无数岁月

人们从四面八方纷纷前来

连地平线也时隐时现

隆重的庆典展示在世界面前

这个辉煌

得到了人们的称赞

荒漠之歌

哦！炎热的荒漠
每当狂风吹来
黄沙弥漫蓝天
此时你是否会想起
那些驼队走过的
古老岁月

多少成行的骆驼留下足迹
多少岁月过去
它们却被淹没
马赫杜姆库勒[1]曾经歌颂过你
凭借着
对爱情的虔诚与渴求

土库曼的荒漠戈壁
是一片广阔无垠的土地
卡拉孔恰尔
是哪位英雄的城池遗迹
古丽加玛勒
是一位出众的巾帼英雄
勇敢顽强
自己是一团燃烧的火

---

1 马赫杜姆库勒：十九世纪土库曼诗人。

一对情侣伽热普与夏赫赛乃姆[1]

在绝望中把眼泪流光

哦！上帝啊！

你为何没有

让两颗命运相同的恩爱之心

彼此合并

杀戮、战争

那古老的传说满是悲痛

所有的神奇故事

似乎还在萦绕耳中

英雄从来都被出卖

那是英雄时代的

规则和宿命

多少长矛

凶狠地刺出

无情地刺向

热爱生命的心灵

在闪闪发亮的战刀利刃下

有多少睿智的头脑

被冷酷无情地砍落地上

英雄们奔流的热血

早已将这片沙漠浸染

与残酷的现实抗争

只要有生命

生活依然在延伸

1　伽热普与夏赫赛乃姆：诗人作品中的人物。

年老的雄鹰和秃鹫争夺尸体

把那些目睹过世界

锐利的眼睛叼食

情人那悲痛的哭泣

响彻四方

从目光不及的远方

蜥蜴和毒蛇

随心所欲

在泛着白光的头骨中穿梭

路人那哀怨的笛声

也许讲述着

这个世界的无情

哲人被称为苦行僧

也许正好穿行在你的胸膛上

那些饥饿难耐的野兽猛禽

也许已经出动

当傍晚降临

太阳回巢的时辰

也许，也许

在古老的年代

你还是一片波涛汹涌的大海

羚羊在你岸边戏水

飞鸟在你头顶上翱翔盘旋

逐渐地

屈服于你严酷的热浪

湖水干涸

变成了燃烧的戈壁

时间掌控着旋转磨坊

不停地把石头磨成齑粉

人们开始挖掘深井

以此来维持自己的生命

你却依然伸出燃烧的舌头

与自然界顽强地对抗

多情的风

多少次与你缠绵

把你平原上的沙漠

变成高岗

忽而散开，忽而汇聚

变化无常

你与时代并肩

延续生命

阿散·贾科什勒考夫
（一九四九年至今）

  诗人、剧作家、小说家、翻译家。出生于纳伦州明布拉克村。一九六八年至一九九六年先后担任集体农庄秘书、苏联文学基金会吉尔吉斯斯坦分部主任、吉尔吉斯斯坦作家协会秘书长等。一九六九年出版第一部诗集《夜晚的舒坦》，之后又陆续出版《大中午》《在草原上》《温暖的春天》《高山》《伊塞克湖十四行诗》等十余部诗集及《索库塔什及三条路》等剧作。出版俄文诗集十余部，有一些诗歌被翻译成哈萨克文、蒙古文发表，也曾翻译过大量俄罗斯、哈萨克诗人的诗歌。一九七七年加入苏联作家协会。一九七九年获得吉尔吉斯斯坦列宁共青团奖。二〇〇七年获得吉尔吉斯斯坦"人民作家"称号。

让人期待的春天

一

说出的话还没有终结……
在传来春天消息的温润季节
冬季在夜晚费尽心机
无论如何它也没有办法
尽管轰轰烈烈竭尽全力
它的绳索和装着寒冷的袋子
到了天明
全部融化
如同特意赴约参加喜庆
昂首挺胸充满自信
春天就这样来临

二

忽左忽右扑扇着翅膀
为了传播喜讯争先恐后
严冬结束了残酷的统治
醒来吧大地的精灵
喜讯首先由飞鸟们传播
窃窃私语"春天王后已经来临！"
就这样振翅飞翔
不知疲倦把喜讯传扬

三

"说什么呢？"
躺在地下的根开始苏醒
"春天来临！"
湿润的水分给它传来消息
春天这孩子探出脑袋
昂首向蓝天瞪大眼睛
久久等待的枝丫
突然长了两厘米
美丽的蒲公英争先恐后
突然间摇头摆身
早早地来到路边
搔首弄姿开始打扮

四

可爱的驼羔摇摇晃晃
摇头摆腿跑上来
绝不会听"停下来！"
不会听从
"四条腿可不要折断！"
母驼发出这样的感叹
驼羔摇晃着往前跑
乳房肿胀乳汁溢出
母驼心里发慌

五

蜜蜂摆出蜂蜜

开始招待自己的客人

嗡嗡嗡地飞到外面

听到了春天的呼唤

为了获得一点喜讯费

黑甲虫立刻出门

把消息给蚂蚁传送

暂时耽搁了

把口中的传奇故事讲诵

蚂蚁们得到消息

争先恐后纷纷出洞

整整一天在外奔波把路径修整

开始履行春天的命令

蜥蜴仰面朝天

躺在温暖的石头上面

青蛙们叽叽喳喳

开始讨论新来的春天

陷入了一片欢快的嘈杂声中

六

人们要转场搬迁到山中

今年到底会迁往哪里？

花树枝头的骨朵

纷纷开出美丽的花瓣

各色蝴蝶兴奋地展开翅膀

随着春风翻飞游荡

过去了过去了
好像是在追逐自己的影像

七

整个世界笑逐颜开
欢乐的春天刚刚开始
天空无限慷慨
光明撒播人间

大地和蓝天之间
好像已经融为一体
春天的气息不断吹来
从飞鸟振动的翅膀之间

阳光从天空流淌而下
世界沐浴在幸福之中
离去的全部又重新回来
这世界变得宽阔而华贵

八

如同不费力气
用良心表达衷肠的
诗歌一样

心能够听到
情能够感觉
的秘密一样

让人欢快

让人痛苦

这次回来

下次重返

的幸福一样

你感觉流动吗？

你是否开始行动？

不要两手空空

月亮停留在半空

生存就是存在

感觉到了

你浩浩荡荡地来吧

把春天紧紧抓住

不要犹豫和徘徊

九

我静静地观察四周

思绪与自然逐渐隔断

拖拉机的哒哒之声

开始开垦空旷的农田

十

当春天再次返回

你的生命还会复苏

眼前所有的生物

已经轮换了一茬

乍一看多么美好

生活已经十分美满

没有一个生物无动于衷

整个世界都在成长

在四季轮换的曲调中

世界都在不停地移动

这是大雁的翅膀

重新回返的韵律

花骨朵纷纷开放

这是百花在盛开

百鸟栖落在树上

尽情地打开歌喉欢唱：

"人们啊，复活吧，从内心深处。

不要满脸挂满痛苦，

要像我们一样欢乐！

就如同一生中，

第一次看到了春天一样。"

周围的一切，周围的一切

似乎都在歌唱

一切都重生复苏

都把内心的情感自由释放

十一

牛虻嗡嗡叫嚷

麻雀不停地叽喳

色彩缤纷美轮美奂

森林换了新颜

深深地吸一口气

静静地稍事聆听

让陶醉的寂静

悄悄地来到你心中

也许是长久养成的习惯

微风扇动翅膀

森林中凉风习习

太阳开始逐渐沉落

黑暗也从远处悄然走来

光明洒落之地依然发白

茂密的松树上

阳光和黑影斑驳交替

空气清新纯洁无瑕

整个世界都在沉醉

斜阳普照的美景

让人不能自拔

萨艮·阿赫马特别科娃
（一九四九年至今）

诗人。出生于潘菲洛夫区。一九六七年开始在《列宁青年》任编辑。一九七三年毕业于苏联高尔基文学院并担任《吉尔吉斯斯坦妇女》杂志编辑部主任，一九九三年任该杂志主编。一九六八年发表处女作，一九七〇年出版第一部诗集《雨》。出版的主要诗集有《远方的大地》《月光下的山岗》《窗外的亮光》《岁月飘零的树叶》《傍晚的乐曲》《秋之歌》等。还曾翻译发表过李白、杜甫等中国诗人的诗歌。一九七五年加入苏联作家协会。

无　题

我不后悔无论对你还是对命运
有人说"命运是一条艰难的路途"
而你又算什么，只是路途中偶遇的路人
在那个白色苹果花盛开的季节

我们一同走过了多少路
问题完全不在这里，而在于如何走过
只有春天留在记忆里，时有时无
在那个满园苹果花盛开的季节

我不后悔无论对过去还是对你
过去的已经过去，你也留在了过去
河的对岸，那河水曾是如此清澈湛蓝
你是我的纯情，就这样留在心底

傍晚黄昏，月亮失去了光亮
苹果花儿给我们带来一丝光明
你曾经如同这光一般神圣
你是我的神圣，就这样留在心中

我可以忘记其他，忘却很难
我特别知道什么是心心相印
两颗灵魂相依相伴
当周围的苹果花竞相盛开的时节

有人说命运是一条艰难的路

你曾是我相依为命的同伴
尽管现在不同路我却无法释怀
时刻祈求天神将你保佑

我一心向往与你心灵相伴
灵魂相伴命运相连
没有在月黑的夜晚向你表白
就像白色的苹果花静静地盛开

轻风徐徐，柔软的花蕊没有去采摘
那静静盛开的花儿我们曾见证
愿春天是你最欢快的季节
而秋季里我会无限悲哀

过去的日子（外一首）

一

……变成孤独的影子接近
过去的日子请你不要敲打我的门
你们知道的那个百花齐放的果园
一场新的雪正在果园里飘落

你们曾经存在，如今早已不在
你们是书籍我曾经至少阅读了十遍
铁炉里燃烧的木炭蹿出火焰
我与年轻的夜晚面对面静坐叙谈

你们的话语甜蜜而有趣……
总是把我向未知的世界召唤
房内温暖铁炉已经滚烫
干柴燃烧在炉内劈啪作响

不断地讲述让人着迷的故事
我有时相信，有时还怀疑真假
那些迎来黎明的时刻
是我无法满足的幸福心情

我怎么可能把那些美妙时刻隐藏
我真想踏着夜里刚刚飘落的白雪
唱起我们曾经唱过的歌曲
把心中的忧烦统统驱散

她在讲述，我却在大雪中
扑进那漆黑的深夜
去探究所有的失落
试图将它们一一寻找

……这些日子终究也会过去
那燃烧的火焰也终究会熄灭
跑动的闹钟，心灵相惜的那些夜话
走着走着就会与你们融合……

那些早已凝固的时刻
一定会轰轰烈烈再次赶来
心的思念，充满眼眶的泪水
一定回来，然后与我一起死亡……

你的身影忽隐忽现
过去的日子，请你不要敲打我的窗
新的夜晚不停地走过
把自己不断隐入黑暗

二

我独自躺着，儿子返回了牧村
我独自躺着，火车哒哒地通过
火车声忽高忽低
火车往返忽远忽近

……睡意全无，眼睛毫无倦意
辗转反侧长久不能入眠

思绪翻腾陷入无声无息的对话中
与神秘而可怕的世界面对面……

年轻时的某一天我也曾出门
搭乘这样的火车走向远方
鸟儿啁啾全都是百灵声
整个世界都被绿色浸染

白天的日子躺在万花丛中
夜晚沐浴在一弯月亮的光辉里
原来生活就是一场纷乱的世界
这个世界充满温情与痛苦

我也走了……提着一盏油灯
路边上还有很多等候的路人
也许他们很多人已经过世
也许还有很多人依然活着

走走停停快步如飞
这就是变幻无常的世界
激荡在我不曾听到的声音中
用我听不懂的语言在讲述

生活是什么？我看到了什么，了解了什么
这就是以天度日，哗哗流走的世界
态度明确不喜欢的就不喜欢
也许错过了我应该爱的人

……我独自躺着，儿子返回了牧村
我独自躺着，火车哒哒地通过

火车声忽高忽低
火车往返忽远忽近

车站很近，夜晚过了很久……
今天出门的人们
祝你们一路顺风
一路上：会有飘飞的花朵和雪花
一路上：会有飞蓬也会有梧桐

飞蓬、梧桐和飘落的雪花
飘飞的花朵来自花园和果园
与同伴甜言蜜语说不完
一路相随手牵手肩并肩……

路灯留在那里，多少火焰在燃烧
红色火焰，黄色火焰，蓝色火焰
这就是世界：有六千种苦难
希望你们一一化解，顺利通过

希尔别特·凯勒德别克娃

（一九四九年至今）

诗人。出生于阔其阔尔区阿克克亚村。一九六八年毕业于伏龙芝马雅可夫斯基女子师范学院物理数学系。一九六九年开始诗歌创作。曾在《吉尔吉斯斯坦文化》报担任编辑。出版的诗集主要有《灯》《故乡：我的骄傲》《窗》《你是我的光》《商队》等。

无　题（组诗）

一

你！我的光明

曾经多么洁白

多么纯洁

你是我的光明

曾经多么温柔

多么美好

我那渴望新春

被大雪遮盖的心灵

那时候

总是沉迷于

你那静默的神情里

你是我的光明

开始振翅欲飞

然后你走来

奏出迷人的心声

你吸引着我

懵懂的少女心

走向陌生的

激情燃烧的生活

啊，我生命的伴侣

你来吧

我们齐声高唱

歌唱那些

模糊不定的岁月

啊，我生命的伴侣

敞开胸怀吧

释放激情

你让美妙的时刻

忽隐又忽现

我是一条船

亲爱的，你就做大海吧

我来聆听

你用歌声

释放情怀

激荡吧

高涨吧

你飞翔吧

你旋转吧

这种心态和情绪

已统治我多年

你！我的光明

曾经多么年轻

多么纯净

伴随着绿荫

多么天真

多么无邪

暴风雪是春天的情绪

我曾经

为你静默的神情陶醉

二

以为是大地

这边却如同大海

浪涛手牵着手呼啸

繁星

在我头顶旋转

彼此紧凑

变成五颜六色的灯盏

以为是蓝天

这边却又像湛蓝的湖面

我迎面顶着狂风

广阔的天空闪烁着无数盏灯

变成波涛汹涌的浪花

疲倦的风

终于稍许停歇

湖面上呈现出

平缓的蓝天……

我们的生命

顽强支撑的生活

对于永恒而言

那只是稍纵即逝的瞬间

在这个时刻

悠扬的旋律在颤抖

湖面浩渺

不知道它的边沿在何方

湖面上

只有天空呈现出自己的画面

万千霓虹在湖面上翻卷

闪烁眨眼

如同绷紧的

考姆孜琴弦

如同十个姑娘站在舞台

齐声合唱

我的山区故乡

迎面站在我面前

奏出美妙无比的和弦

三

青春的火焰

照亮眼眸

多少次情火燃烧

多少次娇柔婉转

如同一条船

冲向广阔的世界

多少种旋律

储存在我的脑海

多少次眼里噙着泪水

多少次放射出幸福的光芒

我一直藏在你心中

犹如那个温柔而陌生的春天

我们畅游的清泉

早已经改变

多少次结满冰凌

多少次寒冰遮盖

白亮神奇的黎明

多少次重现

多少岁月已经走远

这是真的

亲爱的

沉思早已布满

我那喜欢追寻美丽的眼睛

我那追寻春天的心

却迎来了凄凉的寒秋

阴霾穿行于心的山谷

多少记忆纷纷消失

如同梦幻

我变成一股淡淡的思念

在你的世界里

隐约而模糊

却依然深藏你心里

保持着少女的神秘

少女的天真和纯洁

在这个只有一次生命的

虚伪世界里

这就是命运

我们却怀着另外一种遐想

夜晚来临之前

我在回忆里寻找幸福

在你的心里

把我的形象珍藏

夏依洛别克·杜伊谢耶夫
（一九五〇年至今）

　　诗人。出生于纳伦州阿特巴什区阿特巴什村。一九八〇年毕业于吉尔吉斯斯坦国立民族大学语言文学系。一九六八年至一九七〇年曾在苏联军队服役，转业后干过建筑工，后在纳伦州报社、电台任记者。一九八三年后在国家剧院以及《阿拉套》《吉尔吉斯斯坦文化》等报刊任编辑、编辑部主任等。一九六八年开始发表作品，一九八五年出版第一部诗集《阳光》，主要诗集还有《到我们对话时》《冷漠》《骏马》《马车上的诗歌》（第一、二卷）等。二〇〇六年获吉尔吉斯斯坦"人民诗人"称号。

火　焰

心在流血，我们已从正路上走岔
每天在陌生的路途上徘徊
每天都在丧失良心释放能量
就这样，我们缓慢地走向死亡

尊贵的官员们得意洋洋相互诋毁诽谤
站在你的陵墓上吃喝叫嚣
在真理死亡的地方
总会有无知者贪婪者歌唱

我们是牛是羊也许是被砍断的树木
我们是富贵者选举时的工具
我们是"人民"同时也是动物和猴子
也许我们不是谁也不是任何物种

故乡都是衣服褴褛饥肠辘辘的穷人
如同弱女子随时被人欺凌
我们正往燃烧的火焰走去
那火焰却是用我们的骨头点燃

春天的黎明

轻柔的春风吹拂
星星从天空失落
雪山上飘来的露珠
在崭新的草尖上滚动

白色的光渐渐消散
阿依勒翻开新的篇章
树木沿着闪亮的马路
颠簸摇晃向我们奔来

黎明如同柔弱的毛绒小鸡
拨开晨雾徒步走来
只要轻轻一挤就像要翻倒
轻轻地倚靠在草地上

秋

秋阳渐渐走远
花色山脊，月亮沉落
草垛旁边的小牛犊
瞪大眼睛盯着山岗

森林消瘦，柳树乏力
阿依勒消沉，河滩暗暗欢喜
在白色的陵墓前
牲畜静静地徘徊吃草

山岗静躺身上流淌着溪水
一座白房子在路边守望
故事、牲畜还是爱情
独骑的路人不知把哪一个寻找

黄色的麦田将阳光编织
黄色的山岗曲折蜿蜒
如同掉出皮靴的裹脚布
山路随着脚步延伸

回返的鸟儿没有消息
天空平淡缺乏血色情感
旷野如同白纸一张
缠绕铁丝的木桩像削尖的铅笔一样

影　子

影子摇摇晃晃
影子在旋转
不在旋转
黑夜里也有影子出现
影子也出现在动物身边

只有树枝……
在寒冷之神的阳光下
火焰"嗡"地燃起
在我面前
在我身后

我最幸福的时刻
就是我陪着心爱的姑娘
走着
让我的影子
与她的影子融合

太阳落山
云彩变成红色
鸟儿飞动
从东方往西方
我们的影子
踏着黄昏
不断拉长
好像要把太阳俘获

将它带回身旁

有时候
朋友们也不相往来
有时候
亲人也将你背叛出卖
到那时
所有的一切
都变得虚伪
只有你的影子
忠诚地将你陪伴

我变小
它也跟着不断变小
我燃烧
它也在颤动中燃烧
我从没有找到
像影子一样亲密的伙伴
甚至陪你走进坟墓里面

在我的荒漠中
飞蓬也被影子陪伴
山岗上
影子们站在坟墓旁边
看到没有影子的人们
我会用石头
砸碎我胸膛

"影子啊！"
我每天都在祈祷

但愿你的孩子

也有影子相伴

真主啊！请你保佑

请你保佑

千万不要让人们

站在光秃的山岗上

身边却没有影子陪伴

当我不得不与你告别

当高贵的头颅不得不

被埋入地下

请放过我的影子吧

当我死去时

它还会永远将我陪伴

艾山图尔·克里切夫

（一九五二年至今）

诗人、翻译家。出生于天山区阿克克亚村。一九七五年毕业于列宁格勒国立大学。曾长期在《阿拉套》杂志从事文学编辑工作。一九六七年开始发表诗作，一九七五年出版第一部诗集《声音》。翻译发表大量俄罗斯及欧洲文学经典，并在翻译理论、文学评论等方面有很大建树。一九八一年加入苏联作家协会。

无 题（组诗）

一

比湛蓝的湖水还深

大海般无垠的旷野中

从我不曾去过的地方

我知道

从美人的眼神中

从金秋中

从哗哗流淌

带动石头滚动的

河水中

从老人的祝福教诲中

从风一般舒展身体的

白桦丛中

从纷纷飘落的

厚厚的雪中

从姑娘的笑声中

从牧村里

心灵如金子般美丽的

人们身上……

找到了

这首诗歌

二

白云如同大海中航行的帆船

在天上匆匆忙忙地迁徙

多情的风

抚摸着我的脸和手

把少女的长裙拉扯

飘摇

白桦树

白白皮肤的白桦树

似乎担心丢失爱情

好像对我说：

小伙子！你站远一点

我丢失了爱情

我不能像白云那样

从天上俯视一切

又不能像风一样

随意亲吻

不能像白桦树

赐予洁白的爱情

你也寻找吧

我苦苦寻找

没有找到

没有找到

三

渴望着孤独

我的心分成两瓣

承担不起：

爱情、思念

爱情、思念

我想看

森林中的迷人傍晚

白色桦树

被舒缓的微风不停梳理

星星在山崖上

裸体入睡

睡梦中徒然梦见

光明四射的太阳

我风驰电掣而去

不停地挥鞭催打

座下的白马

在山上

在红色的悬崖上

在我心里

珍藏着母亲

灰白头发的形象

出发时

亲吻我的嘴唇

我每天都能梦见

我的白天使

山里的姑娘

白丝长裙白色头巾

在风中飘扬……

骏马在草原上奔跑

四蹄刨地奔腾不羁

我眼前

森林一片沉寂

劲风狂舞逐渐停止

白桦树摇着丝巾

逐一出现

轻轻地

弯腰低头鞠躬

我心里波澜壮阔

波澜壮阔

因为爱情

因为思念

为了爱情

为了思念

四

我们俩分手：

我到远方

你到远方

亲爱的，你在哪里

你在哪里……

思念早已占据了我心

那天夜晚

大海也变得十分寒冷

我坐在寒冷的大海边

将你苦苦等待

静静地看着波涛

月亮在其中翻腾

我的心

却又下起大雪愈加寒冷

我懂得

这一切如同梦

如同山花烂漫的清晨

渔民出海打鱼

撒开渔网

此时此刻

你也会返回我身边

头上戴着

你自己喜欢的

那条头巾

……亲爱的

我曾是多么地爱你

五

大雪飘落的第一天晚上

第一个冬季

我们一起迎接

白鸽般

飞落的雪

美好的心情

纯洁的思绪

如同白白的雪

洒落自我们各自的心

纯洁的爱情

冲向高高的蓝天……

我尊敬你

初次的白雪

我们并肩

静坐的那个夜晚

耶干拜尔迪·叶尔马托夫
（一九五一年至今）

  诗人。出生于伏龙芝区坡穆村。一九七〇年毕业于奥什市师范学校，一九七九年毕业于苏联高尔基文学院。之后在《吉尔吉斯斯坦文化》报担任编辑。一九七〇年发表处女作，一九七九年出版第一部诗集《善良的心》，之后陆续出版有《善良》《城市与山里人》《生命的足迹》《蹄子之歌》《岩画》《爱情》等十余部诗集。另外还有《库勒木尔扎与阿克萨特肯》等多部话剧曾在舞台上演出。一九八四年加入苏联作家协会。二〇〇三年获得吉尔吉斯斯坦文化功勋勋章。

爱情诗行

一

我相信有时候死亡之后
生命延续无限
只要你沉浸在爱之海洋
情感如同火山爆发
只要你展翅翱翔在蓝天……

为你歌唱而被投入炼狱
我无怨无悔
人们说："你已经变得疯狂！"
为了爱情把生命遗忘
这些诗行是留在纸上的心血和忧伤

二

如果我有耗不尽的财富和权力
我会无怨无悔成为你心中燃烧的蜡烛
我给了你全部却依然不能感动你
造物主作证我的情感会熔化世界
让我做什么，难道唯有死亡？
说一声爱我我会破墓而出
如同一渠淙淙流淌的清澈泉水
我会把戈壁变成一座花园送给你

三

我凝视柔弱可爱的小草
它们对我说:"不要虚度生命!"
麻雀在唱歌:"这正是爱情的季节,
这个世界会让你燃尽最后一滴血。"

我如何才能摆脱这样的杂念?
无法挣脱,你已经把我彻底驯服
爱情啊!犹如一只山中惊逃的白鹿
我完全不知在这个较量中谁能胜出

四

朋友们不尽的劝言让我心烦
我依然不断地将你的名字呼唤
我能感觉那树叶间迷人的光明
以及那幼苗悄然生长的生命律动

此时的世界显得如此完美
爱情的力量变成了翱翔蓝天的翅膀
大自然已经变得十分美好
但只有你左右着我深沉的目光

五

你是湖海,我不知能否到达彼岸
汹涌波涛是否要将我吞入海底?
抑或我会勇敢地飞跃你头顶

所有的艰难险阻被我顽强战胜？

我扇动翅膀勇往直前
情感如同利剑劈开任何波澜
多少人站在岸边议论纷纷
祝愿我会变成一条鱼畅游在你怀中

六

世上是否还有人不爱你的风姿
两根长辫如同漂流的河水一般
诱人的眼神动人的言谈
如同仙女转世人间

巴旦木眼的姑娘给我实施了魔法
我安静的夜晚欢乐的节日从此烟消云散
你是山谷间散发魅力的白色牝鹿
我便是牡鹿在月光沐浴的山中对你呼唤

七

你的怀抱如同天堂你却从天堂将我驱赶
我早已在煎熬中变得憔悴不堪
我迷失黄沙戈壁请给我及时解渴
我的仙女请从六层天空深处出现

请给我滴入几滴圣水救活我吧
你那柳腰摆动的姿态已让我陶醉
我毫不忌讳全心全意把你赞颂
你却说："我连你的影子都不想见。"

八

你让我痛苦不堪我却对你一往情深
你视我如同仇敌把我推入痛苦深渊
你轻盈的脚步动听的声音多情的眼神
已经扼杀了我炽热而柔弱的心灵

骏马般奔腾不羁的岁月去了哪里？
青春的舞曲难道就这样早逝？
你笑过一晚便消失得无影无踪
那盛满情歌美酒的杯子我向谁呈送

九

人们说我天命不佳这全是你的馈赠
我如同荒原中的野驼苦苦把你追寻
你却没有在暗夜中点起蜡烛为我照明
我不知道还会遭受多少折磨与苦痛

每天听着朋友亲人们的讥讽和指责
我不知生命还能够承受多少煎熬
诺如孜节[1]刚刚过去你依然没有到来
我不知如何准备佳肴度过节日的喜庆

十

我在大街上重复着你的名字

---

1 诺如孜节：即吉尔吉斯人的春节。

有人说："他已经变成了疯子。"
也许就是吧，但他们哪里知道
走过大街的是一团燃烧着爱情的火焰

我能求助谁前来把火熄灭？
求助了又有谁人能够相信？
一句"别开玩笑！"然后走开
难道纯真的爱情居然成了廉价的玩笑？

阿克巴尔·额热斯库罗夫
（一九五三年至今）

诗人。出生于凯敏区。一九七五年毕业于吉尔吉斯斯坦国立民族大学语言文学系。曾长期担任《列宁青年》报编辑、主编，一九八三年至一九九一年在吉尔吉斯斯坦作家协会及《阿拉套》杂志做编辑工作。一九九三年出任吉尔吉斯斯坦国家新闻社主任，一九九五年任吉尔吉斯斯坦驻哈萨克斯坦大使，二〇〇四年任吉尔吉斯斯坦驻马来西亚大使。一九七五年出版第一部诗集《燕子高飞》。诗集《时间之箭》于一九八三年获得吉尔吉斯斯坦列宁共青团奖。另外还出版有诗集《三个源泉》《蓝天》《毅力》等。作品被译成俄文、哈萨克文、英文、印度文、法文、德文等发表。一九七八年加入苏联作家协会。

腾格里山 [1] 的黎明

腾格里山多么美丽

晨曦出现的时刻

黑夜的帷幕

被阳光缓缓开启

清泉睁开惺忪的双眼

欢腾着奔向大湖 [2]

黑脸孩子扬鞭策马

骑着白额斑的马驰骋在山坡

野生动物悠闲自在

成排列队跑向山谷

啊

多么美丽，多么迷人

腾格里山的黎明时刻

如同飘扬的生命之旗

山村上空炊烟袅袅

腾格里山多么神奇

正是晨曦驱走黑夜的时刻

色彩斑斓的草木

甩干头上的露珠

牧马人的可爱女儿

正把马群驱向草场

孤独的白桦树随风摇摆

开始向旁边的柳树告白

---

1 腾格里山：即天山。

2 大湖：这里指伊塞克湖。

河水流淌的哗哗之声
跨越山崖传遍四方
啊
多么美丽,多么迷人
腾格里山的黎明时刻
山村上空的袅袅炊烟
如同飘扬的生命之旗

纳斯依卡特 [1]

这个劝谕留给了我

这个劝谕留给了你

这是祖先留下的遗言

这个劝谕如同神助

穿越高山穿越荒滩

月牙额斑的骏马不停嘶鸣

在马背上颠簸旅途劳顿

这是人们的美好心愿

这是悠悠历史

如同火炭似的热吻

噢，时光威力无边，转瞬即逝

何时何地产生了一首哀曲《斯尼哈尼布谷》[2]？

考姆孜琴弦拨动

给我们留下了这首神奇的谕言

白牝鹿之歌是否放声歌唱

白牝鹿你是否重现灵光

白牝鹿踏响四蹄

是否无奈要离开故乡

抑或是生命攸关的艰难降临到头上？

1　纳斯依卡特：吉尔吉斯语中"劝谕"之意。

2　《斯尼哈尼布谷》：吉尔吉斯人一首古老的考姆孜琴弹奏曲。曲调哀婉，
　　十分动听。

白鹿你是否遭到厄运

放弃故乡你已经乱了方寸

那清澈的玉泉水如今在哪里？

你形影相随的同伴又在何方？

你是否开始思念神圣的故乡

噢，白牝鹿！神圣的白牝鹿

夺命的箭矢把你追赶

大地却在你眼里不停旋转

箭矢飞来，催你逃遁

逃命吧白牝鹿，撒开你强健的四蹄

白牝鹿啊不要放弃，不要停留，勇往直前

飞奔吧白牝鹿，箭矢无法把你找见

白牝鹿啊，洁白的鹿你不会放弃

生命短暂，难道你生命的黄昏迫在眼前？

箭矢飞来，催你逃遁

奔跑吧白牝鹿

箭矢飞到

腾飞吧白牝鹿

哎咿

穿透身体，箭矢要飞到

血管在膨胀命运在惨叫

白牝鹿啊，请你幻化

消失在云雾之间

白牝鹿啊白牝鹿，踏响四蹄

箭矢飞来，不能飞到

希望渺茫重又复燃

这个劝谕留给了我

这个劝谕留给了你

这是祖先留下的遗言

给生命插上翅膀

与死亡顽强抗争

关于白牝鹿的故事

祖辈留下的传说

这样的心愿无法找寻

这样的民歌亘古不老

白牝鹿啊，你为何眯着双眼

你为何从来不放弃希望

卡尔巴拉斯·巴克诺夫

（一九五四年至今）

　　诗人、翻译家。出生于托合托古勒区克孜勒奥兹果茹实村。毕业于奥什市国立师范大学语言文学系。一九七二年至一九七七年在苏联海军服役。一九七九年加入苏联作家协会。曾在吉尔吉斯斯坦作家协会、《吉尔吉斯斯坦旗帜》《自由的山》等报刊担任编辑。一九六九年开始发表诗歌。出版有诗集《迷失》《城堡里的人们及无限大地》《刘海及思潮》等，翻译有苏美尔史诗《吉尔伽美什》等。一九九二年加入吉尔吉斯斯坦作家协会。

孩子们（外一首）

一

像马驹般追赶白云

能够抓住旷野中的闪电

叽叽喳喳如同麻雀

栖落到我不曾到达的星座

天真而纯洁无瑕飘在空中

如同有翅膀的白色雪花

孩子们啊

因为这样

所以你们才是孩子

你们光着脚

可以毫不顾虑地走向上帝

当我从天上消失的时刻

你们却都留在了那里

孩子们啊

所以你们才是孩子

你们不要追随智者的选择

我请求

你们不要轻易下凡

大地上

存在太多虚伪和欺骗

二

我不曾呼吸着尘土

坐在房子里面

轰鸣的雷电消失不见

我从高山森林走来

我从不曾这样呆坐

两个脸颊油光发亮

守望着窗外的云朵

我曾在翻腾的河水中

顺流而下

与石头碰撞

磨掉了石头的锋芒

我从不曾在院子里静坐

路途的艰辛

对我却是幸福的事情

不是在屋内

而是窸窸窣窣的世界

我真心希望

每次都在它的怀抱中苏醒

巴比伦，那被摧毁的巴比伦

从城墙的地下

争先恐后地

长出了密集的青草

翻越山岗

将旷野逐渐覆盖

它们像士兵一样顽强抗争

最终砸碎岛屿上所有铁锁

冲向山崖

占领山洞

让高山坍塌

从石头的底部缝隙间破石而出

顽强地生长

如同奔赴世界的庆典

不顾一切向四周扩展

你想从大地上消灭它吗

无论是脚踏

无论如何拍打

用斧头砍砸

虽然看着它柔弱无力

奋勇抗争

我不能找到

比青草更顽强的生命

在残垣断壁间

在静穆的坟墓间

我向你致敬

将生命重新点燃

生日的歌

一

你的名字

如同无数骏马奔腾在草原

一片混乱

尘土飞扬

轰轰烈烈

你的路途如同名字般交杂

迷失和麻烦总是将你陪伴

在悬崖边

没有人向你伸手施救

脚穿靴子

在雪地上滑雪

与其背着寂静走向明天

你应该把嘈杂一起带上

"卡尔巴拉斯"[1] 这个词本身

就隐含着多少矛盾

但这是一种耻辱

留下尘埃

留下尘埃

留下尘埃

---

1 "卡尔巴拉斯"：在吉尔吉斯语中是匆匆忙忙、慌慌张张之意。

二

我出生在波浪翻腾

湍急而欢快的河之岸

也许就是这个原因

我才会有话直说从不遮掩

我出生在高山怀抱

那曲折小路到达的地点

也许是这个原因

我内心藏着传说中

那些巨人们的心愿和负担

巴赫特古丽·乔图尔饶娃
（一九五五年至今）

诗人。出生于托合托古勒区卡拉季噶其村。毕业于吉尔吉斯斯坦国立民族大学语言文学系。一九九〇年开始在吉尔吉斯斯坦《星星》《吉尔吉斯之旗》等报刊担任编辑。处女诗作发表于一九七二年。一九八九年出版第一部诗集《白马》，同年加入苏联作家协会。此外还出版有《灰雀》《思念》《伊塞克湖是爱情的起点》《太阳是上帝的眼泪》《孤独》等多部诗集。有一部分诗歌被翻译成俄文出版。她还曾翻译出版过哈萨克斯坦、阿塞拜疆、印度、土耳其等国诗人的作品。二〇〇四年获得阿勒库勒·奥斯莫诺夫文学奖，二〇一一年获得吉尔吉斯斯坦文化功勋奖章。现为吉尔吉斯斯坦作家协会常务理事。

我的眼睛已经将爱情表白

为了自重自爱

我把爱情深深地埋在心中

大哥啊

我已经

无法掌控一首歌

如果我唱歌给你听你会听吗

现在听吧

"不行不行！不要听！"

那歌只能藏在心中

优美的旋律只在我心里拨动

我故装矜持和稳重

我的眼睛啊

却已经将爱情表白传送

我不知道自己诗歌的分量

也不知道它会穿透别人的心

在流动的万千人中找到你

我的眼睛啊！我的眼睛啊！我的眼睛

我的眼睛啊，爱着你

思念的火焰在燃烧

我的眼睛啊！我的眼睛

两棵树

听着流淌的山溪
水声响彻山谷
在银色的夏夜
让人心旷神怡

歌颂月亮当空的夜晚
眼睛却没法看见
"噗！"的一声在耳边
蚊虫在嗡嗡地飞翔

天空中迷人的云彩
逐渐散去让人陶醉
如同古代的英雄巨人
朦胧的山影陷入沉思

月亮不停地走动
播洒着银白色光亮
站立在黑夜的眼中
两棵树十分可爱

没有丝毫的烦恼
围裹着微微的清风
假如一棵棵地分开
绝不会如此般配可爱

如同这两棵大树

我们的双手彼此缠绕

一股火热神秘的情感

早已将内心点燃

两棵树悄悄看着我们

并肩站立分外亲密

晨曦出现星星散去

我们却没有发现

神奇的传说故事听千遍

不如有一次亲身体验

启明星发出耀眼光芒

在东方闪闪发亮

虽然是黑暗笼罩的夜晚

刹那间却闪亮一片

努拉利·卡帕罗夫
（一九五七年至今）

  诗人，出生于凯敏区铁格尔蔑提村。一九八〇年毕业于吉尔吉斯斯坦国立民族大学语言文学系。一九七三年开始发表诗歌，第一部诗集《引火柴》于一九八六年出版，之后还有诗集《心的旋律》等。一九八〇年开始在《阿拉套》杂志任编辑，一九九三年开始担任《吉尔吉斯斯坦文化》报主编。

无　题（组诗）

噢，造物主啊

请在我写诗时

赐予我灵魂和信仰

让我如同秋水一般清澈宁静

在揭露恶毒者的恶毒时

不要忽略了他点滴的善心

请赐予我一双公正的眼睛

请赐予我智慧

如同高举的手电

反复告诫我财富的真谛：

富翁总是不如穷者有慧眼

从马背上摔下安然无恙

从驴背上摔下却会将胳膊折断

请赐予我计谋，赐予我技能

请赐予我威武，呼风唤雨

忘却了温暖之珍贵的人们

应该返回雪地重新体验寒冷

到那时才会为了维护真理

在无奈中用谎话苟且偷生……

噢，造物主啊

请在我写诗时

赐予我灵魂和信仰

在激烈时赐予我卷刃的钝刀

在我追击某人的时候

请赐予我慷慨大度和宽容之心

在我逃跑的时候

请赐予我力量……

请赐予我心爱的姑娘

温柔而贤惠的秉性

请赐予我雄鹰

不留恋暖巢翱翔天空

请赐予我雄心

对朋友赤胆忠诚

请赐予我忧伤和同情

但不要对敌人产生恻隐之心……

噢，造物主啊

请在我写诗时

赐予我灵魂和信仰

让我如同秋水一般清澈宁静

当我赞美好人的美德之时

不要忘了他有原罪在身

加尼别克·奥姆热利耶夫

（一九五七年至今）

诗人。出生于卡列宁区布哈拉村。毕业于吉尔吉斯斯坦国立民族大学新闻系，之后长期在吉尔吉斯斯坦各类报刊担任编辑。出版有若干部诗集。

深夜里的祈愿

忘不了你的神情

在梦中

我的心灵鲜血横流

所有的痛楚都由我承担

我看不到

你身上的伤痛

你总是对我保持距离

我只能观察你的长发

我对你贪婪地崇拜

淹没在泪水之中

欢乐的春天

献出丰硕的成果是义务

耕地昂首挺胸十分自信

百灵鸟渴望阳光

不见到雀鹰绝不会栖落到地上

蒲公英藏入石缝里

倾心者疯狂地将其找寻

"姑娘们在外面玩耍"

年轻人在屋里遭到责骂

花骨朵儿沐浴在春雨里

穿上崭新的花衣

向世界宣布春天来临

最后的吉他琴

吉他琴破碎从此我再没有见到
与少女们玩耍如同在蓝天翱翔
青春奔驰我不断成长
热泪盈眶，每每想起浑身冒汗
曾经发誓来年一定回返
却没有收获果实兑现诺言

阿坦泰·阿克巴绕夫
（一九六〇年至今）

　　诗人。出生于贾拉拉巴德州恰特卡勒区江额巴扎尔村。一九八三年毕业于奥什市国立师范大学语言文学系。曾在博物馆、地方报纸担任编辑。第一部诗集《神骏》于一九九〇年出版，他很快进入著名诗人行列，得到读者的广泛认可。一九八九年至今在文学出版社及《比什凯克晚报》《阿拉姆》等报刊任编辑。出版有若干部诗集，其中有代表性的为《上帝的歌》等。一九九九年获阿勒库勒·奥斯莫诺夫文学奖。作品被翻译成多种文字发表。

原谅我吧大自然

被金钱的诱惑包围
总是围绕工作转圈
原谅我吧大自然
我已长时间没有投入你胸怀

充满期待的心灵
我已经将百灵的歌唱完
与黑加仑亲密接吻
也无法满足对你的渴望

皮肤变薄变软的双脚
被你的细刺扎疼
如同真心朋友实话实说
我着魔般注视你的身影

跳跃的思绪如同羚羊
早已经跑进你的幽谷
我把脸贴在河面上
心胸感到无限舒畅

爱　情

很长时间了我们没有相见
我如此痛苦却还活在人间
当我重新见到你的时候
鲜花怒放眼睛放电

来吧，让我们手牵手逃到远方
把心脏割下才能舍弃
躲开人们那扎人的毒眼
逃到一个寂静无人的地方

划起思绪的小船
划向我们梦想的地点
自由自在，一切由自己掌控
这就是我们爱情的彼岸

投入我的怀抱吧
我崇拜爱戴的恋人
让我们一起抛弃
彼此相思中的苦难

我陶醉在你的气味中
如同吞咽着爱的火焰
你那颤动的乳房
火热的双唇俘虏了我

如果没有爱情，亲爱的

我们都是残缺的人
只有我们同享一颗爱心
我们的幸福才算完整

在这漆黑的夜晚
我们坚守我们的爱情
在相拥的甜蜜时刻
我不停地把你赞颂

我信心坚定毫不犹豫
会把没有爱情的世界烧毁
缺少爱情的世界
那黑暗要胜过墓穴

法嫡玛·阿布达洛娃
（一九六〇年至今）

诗人。出生于贾拉拉巴德州巴扎尔阔尔干区别西巴旦木村。一九八二年毕业于吉尔吉斯斯坦国立民族大学新闻系。长期在广播电视台及各类出版社担任编辑。一九八九年出版第一部诗集《摇床带》，另外还出版有《月光下》《心中的风》《在心中》《在路上思索》等诗集。曾获得阿勒库勒·奥斯莫诺夫文学奖、卓洛尼·玛穆托夫诗歌奖。

宇　宙

谁能知道世界的边缘
是谁把太阳挂在天上
光芒四射
黑夜里点燃蜡烛
起名"月亮"
是谁让时间变得规范

宇宙有路，有巨石
有多少被黑洞吞噬
天外还有月亮还有太阳
在各处，在远方
更远方
……自由飞翔无人知晓

有一个星座叫"天堂"
大门为好人敞开
有一个星座叫"地狱"
专门把叛逆者收容

大　寒

秋来了，艳阳高照

熟果味弥漫天空

春天的花骨朵儿已经熟透

但是

忽有忽无的寒冷

从无知处静静飘入

秋过了

今年的冬季已临近

裹挟着多少的往年寒冬

不只是来年的季节寒冬

人生的冬季也在逼近

阿勒特娜依·特密若娃
（一九六〇年至今）

　　诗人、剧作家、翻译家。出生于贾拉拉巴德州阿瑟区吉尔格塔勒村。一九八四年至一九九〇年在苏联高尔基文学院学习。一九七七年在《腾格里山》报发表诗歌处女作，一九八九年出版第一部诗集《奔流》。一九九一年获得共和国诗歌节金奖，并加入吉尔吉斯斯坦作家协会。歌剧《天堂之火》《残破的天空》等曾在吉尔吉斯斯坦及国际舞台演出并获得国际奖。一九九九年获得普希金诞辰二百周年文学大奖。曾翻译出版普希金、高尔基、穆·沙哈诺夫、艾青等诗人的诗作并获得读者的高度评价。其诗作被翻译成俄文、哈萨克文、英文、印地文、芬兰文等。二〇〇〇年加入国际笔会。

秋

脸上燃烧着火焰

金秋到处闲逛

金黄色的衣摆

在高山上……

衣裳已经破成碎条

在遥远的路途上

彩虹的一副拐杖

背在肩上

肆虐的风吹散

奔走的云雾悄悄躲藏

抑制不住内心的渴望

匆匆又匆匆

爱藏在心上……

世界毡房

神圣的天光做支架

在宇宙间支起毡房

圆圆的天窗如光芒四射的太阳

围住一片空间

罩住一片天地

山峦如毡房的围架成为屏障

绿色的高原色彩斑斓百花绽放

宇宙恰似一座宽广的白色毡房

亚当和夏娃——神秘莫测

神之子，调皮的孩子吉尔吉斯

成家立业独立生活在山中

每天目睹这种神秘景象

渴望揭开其中的奥秘

宇宙似的房子如何制造……

木料和毡子是仅有的材料

苦苦地向大自然询问真谛

自古以来懂得宇宙之谜

从古至今由后辈们传承

让人惊叹，一个温暖的家

居住着乌麦[1]母亲和腾格里父亲……

在上席位置一个大漆箱上面

1　乌麦：北方民族萨满文化中的女神，是妇女和儿童的保护神。

整齐地垒叠着无数岁月和历史

《玛纳斯》史诗达斯坦[1]和曲目

声音浑厚日夜吟唱陪伴终生

宇宙的搬迁之旅从天窗滑过

英雄的先辈

居然让一座白色毡房

容纳了整个世界

---

1 达斯坦：在吉尔吉斯及中亚突厥语族诸语中为史诗之意。

月亮凝固在比什凯克上空

傍晚迷迷糊糊

倚靠在路人的肩上

背负着多少艰辛

充满理想的大路却早已习惯

我走在路上

忽而被影子甩在后面

忽而又伸手将它拽上

傍晚被争夺

官位被争夺

命运被争夺……

月亮凝固在比什凯克上空

生命在这里度过夏季

生命在这里栖息

在摊开的丰盛餐单边

围坐的人们

被蜂巢似的楼房隐藏

世界：一个市场

语言走在远行的路上

城市跟在语言后面

叽叽喳喳热闹非常

所犯的错误如同影子

有时接近，有时躲避……

只有

月亮凝固在比什凯克上空

每时每刻

为路人照亮途径……

永恒的圣地

月亮凝固在比什凯克上空

介狄盖尔·萨拉耶夫
（一九六一年至今）

　　诗人。出生于纳伦州阿特巴什区阿克穆兹村。毕业于吉尔吉斯斯坦国立民族大学新闻系，并获得硕士学位。曾在《苏维埃吉尔吉斯斯坦》报任记者，曾任吉尔吉斯斯坦话剧家协会创作室主任、吉尔吉斯斯坦电视台制片人、吉尔吉斯斯坦新闻工作者协会副主席、《吉尔吉斯旗帜》报主编等。从学生时代起开始诗歌创作。第一部诗集《传统》于一九八七年出版，之后还出版有《源头》《无奈的歌》等诗集，《善良与图章》《摇床礼》等话剧曾在舞台上演出。一九九〇年加入吉尔吉斯斯坦作家协会和新闻工作者协会，一九九一年获得吉尔吉斯斯坦列宁共青团奖。

时　代

消沉时把你践踏

临终时对你冷漠

秃鹫般等待僵尸

如同我们院落里的饿狼

放眼周围都是些魔鬼

不要说这些

我心里都有鬼

被怂恿和欺骗

与他们为伍

我有时把自己都认作魔鬼

有多少美妙的幻想

温暖的道路，却被无数次阻隔

魔鬼把我们欺骗，把我们诱惑

举办了很多无意义的庆典日

即使现在我如果变得懒散

那就是我与魔鬼签订了合约

擦亮我的眼睛吧，

清洁我的灵魂吧，真主

佑助我吧，腾格里天神

保佑我吧，众神仙们

金钱与诗歌

不讨要"钱、钱、钱……"
而要诗歌
我一定会手捧花篮
前去迎接可爱的人们
如同先前母亲生下男孩
为了你写诗而不用金钱奖赏……
如梦的美好时代早已一去不复返
为了发表自己的诗歌
你自己找钱，找人帮忙
你的诗歌尽管十分优美
你却颤颤巍巍丢失自信
造物主早已固定了你的身心
你的心催你把诗歌奉献给人民
尽管你诗情涌动，才华横溢
你的诗歌却不能成为馕饼养活你家庭
为人们而写，为人们而活
你也是一个最普通的凡人
与人们相知，不会消失
恋人也不会热情地把你相迎
我在思念着家里的女儿
指责自己给她的钱太少太少

母亲是天堂

我们从来不知天堂怎么样

天堂如何只存在于幻想

我们苦苦地把天堂寻找

它却就在母亲的脚下

母亲的脚印和曾经停留之地

那就是天堂，那是因为

为了孩子母亲献出了所有柔情

比天堂还要尊贵，比天堂还要温暖

母亲创造出天堂般的天地

母亲健在时

孩子们哪里知道悲痛

对于孩子

母亲就是天堂

孩子失去天堂

那是人间最大的悲伤

巴尔钦贝克·布谷巴耶夫

（一九六三年至今）

诗人。出生于阔齐阔尔区阔克加尔村。一九八八
年毕业于吉尔吉斯斯坦国立民族大学语言文学系。曾
长期在各类报刊、国家电视台等担任文学编辑，在大
学任教。一九八八年加入吉尔吉斯斯坦作家协会。曾
获吉尔吉斯斯坦青年文学奖。

大　雁

献给迪娜热·阿散诺娃

黄铜般的平绒一样
秋天的大雁终于回返
它们高声向吉尔吉斯大地告别
向远方，向远方，向远方振翅飞翔

那是一个春天，春色遮盖大地
大雁们把吉尔吉斯大地思念
返回时春天已从大雪下面显露
山峰在暴风雪中冻得发抖

向往的地方依然被大雪遮盖
一个隐约的遗憾涌动在心间
无奈之下只能重新返还
振翅在阿拉套山的蓝天
它们也有一段不可告人的命运
神圣的大雁啊你们从何处返回
所有的祝福降落阿拉套山上
春天已至你们却还没有返还

祝　福

真心的祝福自古在民间流传
不适合的身份从不会得到馈赠
某一个庆典上一位长者的祝福
给我的心灵产生了无法忘怀的震撼

"啊！年轻人！你们失去尊严丢失义气
谁人能肩负起民族的命运和未来
先辈们早已变成雪峰
从阿拉套山顶把你把我审视

"千万不要成为躲进山里的黄羊
你要成为大山，宽阔的胸怀便于让惊吓的黄羊躲藏
千万不要成为惊兔慌忙逃进森林
你要成为森林给弱者提供庇荫

"千万不要成为依赖河水的鱼儿
你要成为湖泊河水赋予鱼儿生命
你要成为人，在大地上开荒耕种
而不要成为被人把持的耕犁

"如何才能守护民族的尊严
多少先辈在观望着你们的毅力
年轻人啊，愿你们一路都取得胜利
这就是长者的祝福和心意"

阵亡通知书

战争，战争，你何时才能停止
你转过头去我不想看到你脸色
你残酷地夺走了无数坚强的勇士
却只返还了一张张薄纸

母亲盼望奔赴战场的孩子
在朦胧的黄昏在黑夜在清晨
岁月悄声细语地说"他已经去世！"
当她们的希望变得越来越没有底气

每当想起，都要翻箱倒柜
从箱底翻出那张纸久久注视
夹杂着崩涌而出的眼泪
紧紧地把纸上的儿子贴在胸口

别尔迪别克·江穆尔其叶夫

（一九八七年至今）

    诗人。出生于伊塞克湖州杰特奥古兹区阿克铁列克村。毕业于比什凯克胡赛因·卡拉赛耶夫人文大学语言文学系。曾获得吉尔吉斯斯坦电台"天才秀"竞赛最高奖，还担任电台文艺节目主持人。在吉尔吉斯斯坦国内各类报刊上发表大量诗歌作品，为吉尔吉斯斯坦诗坛新秀。

愤 怒

紧锁的眉头吓得太阳

黯然失色犹如黄昏

命运的山岗踩在我脚下

夷为平地

勇往直前的浪涛

在我面前畏缩不前

似乎要把

座座山岗连根拔起

万物留在我身后却呼喊着我的乳名

唯我独有的神秘力量激励着我

路边群狮挡道

我依然独自前行

路遇的绊脚石

无一幸免被我踏碎

如同燃烧的森林劈啪作响

我的一双铜脚

命运的德行

已被我逐出胸膛

眼睛似乎要蹦出眼眶

我不希望在这样的时刻

与我的敌人邂逅

我已喝光了死亡的毒药
不要说敌人的血液
汗王玛纳斯的后代
就这样愤怒热血沸腾

你是人

你是人，完整无缺的人
你要把幸福的真谛寻觅分享
阴霾中我们也可以看到光明
请你调好生活的望远镜
虚伪的世界你为何要充当拴马桩
留下温暖人心的几句话语

你是人，一个充满智慧的生灵
你要睿智机敏不要被生活压折
或多或少让悲情牵引
千万不要玷污了你的尊名
千万不要让恶念填满你的胸膛
却将希望舍弃，如同垃圾一样

你是人，绝不要低声下气遭受践踏
感情的烈火永远不能熄灭
你要让人敬佩羡慕勇往直前
当命运的苦难猛踢你的胸膛
当有人把"人"的精髓注入你心里
生命犹存时就用良心去报答

你是人，要昂首阔步摆脱羁绊和锁链
你是人，要如同锋利的箭矢飞奔向前

当你失望悲痛苦闷的时刻
你的未来也不会安稳地等待你的到来
人类啊，我为你祈求光明的未来
来吧，战胜磨难把握自己的命运

译后记

本书从筛选诗作到最终翻译完成的确不是一件容易的事情。因为本人虽然精通吉尔吉斯语，从前也曾翻译发表过吉尔吉斯斯坦作家、诗人的一些作品，但从整体上把握一个国家的诗歌发展水平，对我来说确实是一个巨大的挑战。于是，我选择了两条途径。第一是我按部就班地从自己所收藏的吉尔吉斯斯坦书刊中挑选优秀诗人的诗歌作品进行翻译，第二是直接联系了我的忘年交朋友，尊敬的大哥，吉尔吉斯斯坦人民作家、吉尔吉斯斯坦作家协会主办的文学刊物《阿拉套》主编康艾西·居苏波夫先生帮忙推荐诗人和作品。我与康艾西·居苏波夫先生在二十世纪九十年代中期相识，当时他就曾以此刊物主编的身份访问新疆，并参加一九九四年在乌鲁木齐召开的我国首届《玛纳斯》史诗国际学术研讨会。如今先生已是年逾古稀的老者，但是他对于吉尔吉斯文化传统的执着热爱和追求令人感动。当然，对于这本诗集而言，最重要的是他长期担任《阿拉套》这本文学刊物的主编，对于吉尔吉斯斯坦的诗歌发展了如指掌，再也不可能有像他这样全面了解和准确把握本国诗歌发展状况的人了。于是，通过电子邮件多次联系商讨，在他的推荐和帮助下，我花了一段时间，最终完成了对二十世纪吉尔吉斯斯坦诗歌界代表性诗人和作品的初步筛选工作，并着手翻译。

但是，这项工作做起来也有很多挑战。先不说翻译过程中的艰辛，主要是本诗集涵盖吉尔吉斯斯坦整个二十世纪的百年诗歌发展历程，其间著名的优秀诗人和诗歌作品层出不穷。从一个国家浩如烟海的诗歌中筛选出经典同时又适合当下的作品进行翻译，与此同时还要找到近百位诗人的简历编入本集，并非易事。实际上，这个工作花费了译者太多的时间和精力。幸好有留学吉尔吉斯斯坦的两位中国优秀年轻学子热情帮忙，这个工作断断续续，但最终也得以圆满完成。因此，在这里我必须真诚地感谢吉尔吉斯斯坦伊·阿拉巴耶夫国立大学语言文学硕士研究生达乌特·阿布德勒巴热，以及巴拉萨根国立大学学生涂尔干阿勒·吐尔孙阿勒。如果没有这两位年轻学人的及时帮助，找到几十位诗人的简历，这部诗集绝不可能在较短的时间内如期完成。与此同时，我还要向新疆阿合奇县的诗人朋友们，如哈伊热提·卡德尔库勒、吐尔孙阿散、阿里木江·阿布都克热木等，表示真诚的感谢。他们也积极帮助寻找和搜集相关资料，在很大程度上帮我减轻了资料的搜集和寻找之苦。

在前言部分，笔者已经比较全面地介绍了吉尔吉斯斯坦诗歌的悠久发展历程和目前的整体面貌。我国的柯尔克孜族和吉尔吉斯斯坦的吉尔吉斯族本身是一个民族，民间口头传统一脉相承，古代至近代的诗歌之河也发源于同一个泉源。此外，吉尔吉斯中古时期的诗歌与邻近的哈萨克、乌兹别克、维吾尔等突厥语族民族的诗歌传统有着很多共通性，有一些作品甚至在不同的民族同时流传，因此会产生许多争议。所以，为了稳妥起见，本人便舍远求近，将吉尔吉斯斯坦诗歌作品的入选范围设定在与其他周边民族不存在任何争议的、"十月革命"之后出现在吉尔吉斯斯坦境内的诗人及其作品。这样既保证了作品的代表性和现代性，同时也比较全面地第一次整体展示了我国友好近邻吉尔吉斯斯坦二十世纪的诗歌全貌和发展水平，而且也展示了吉尔吉斯斯坦诗歌的独特魅力和艺术特色，吉尔吉斯斯坦诗人们的独特思维方式和其对人类、对世界、对生命、对社会、对爱情、对故乡、对亲人的独特感受。我相信，入选并得到翻译的这些诗歌，必将为我国读者带来一种独特的审美享受和对异域风情的独特品味。

最后，我还要真诚地感谢北京大学外国语学院对于我本人的信任以及对本项目的完成所给予的支持和帮助，但愿本诗集能够为即将到来的北京大学一百二十周年校庆增添一份色彩。

感谢本书的责任编辑方焱为本书所付出的辛勤劳动。

阿地里·居玛吐尔地

二〇一七年六月二十八日于北京石景山鲁谷

总　跋

经过两年多时间的筹备与组织，"'一带一路'沿线国家经典诗歌文库"终于将陆续付梓出版，此刻的心情复杂而忐忑，既有对即将拨云见日的满满期待，更有即将面见读者的惴惴不安。

该项目于二〇一五年下半年开始酝酿，其中亦有不少波折和犹疑。接触这个项目的所有人都无一例外地认为，这是应该做而且只有北大才能做的事情，也无一例外地深知它的难度。

"一带一路"跨度大、范围广，多语言、多民族、多宗教、多文明交融，具有鲜明的文化多样性特征。整个沿线共有六十余个国家，计有七十八种官方或通用语言，合并相同语言后仍有五十三种语言，分属九大语系。古丝绸之路尽管开始于政治军事，繁荣于商旅交通，但其更重要的意义在于促进了人类文明的交往。它连接了中国、印度、波斯和罗马等文明古国，跨越埃及文明、巴比伦文明、印度文明、中华文明的发祥地，是东西方文明交流互鉴的重要通道。

如何更好地展现"一带一路"沿线人民的文化特质和精神财富，诗歌无疑是最好的窗口。诗歌是文学王冠上的明珠，精敛文学之魂魄，而经典诗歌则凝聚着各个国家民族的文化精神和文化理想，深刻反映沿线国家独有的价值观和对世界的认识。长期以来，中国学界和出版界一直比较重视欧美发达国家诗歌的译介与研究，对发展中国家尤其是一些弱小国家的诗歌研究存在着严重忽略的现象。我们希望通过对"一带一路"沿线国家经典诗歌的研究，深刻地了解一个国家，理解它的人民，与之建立互信，促进国内学界对"一带一路"沿线国家文学、文化和文明的了解，弥补我国诗歌文化中的短板，并为中国诗歌走向世界提供思路和借鉴，从而带动与"一带一路"沿线国家的深层次交流，为中国的对外交往和"一带一路"倡议的实施提供人文支撑。

北京大学外国语学院组织国内外相关领域的专家学者，于二〇一六年一月，正式启动"'一带一路'沿线国家经典诗歌文库"项目。该项目以北京大学人文学科的优良传统和北大外语学科的深厚积淀为基础，以研究和阐释"一带一路"沿线国家厚重的历史、文化内涵为己任，充分发挥本学科在文学、文化研究领域的传统优势和引领作用，积极配合和支持国家的"一带一路"倡议，为中外优秀文化的研究、互鉴和传播做出本学科应有的贡献。

北京大学外国语学院牵头组织的"'一带一路'沿线国家经典诗歌文库"项目，旨在翻译、收集、整理和编辑"一带一路"沿线六十余个国家的诗歌经典作品，所选诗歌范围既包括经典的作家作品，也包括由作家整理的、具有广泛影响力的史诗、民间诗歌等；既包括用对象国官方语言创作的诗歌，也包括用各种民族语言创作、广泛传播的诗歌作品。每部诗集包括诗歌发展概况、诗歌译作、作者简介等三个部分。

在此基础上，形成由五十本编译诗集构成的"'一带一路'沿线国家经典诗歌文库"第一批成果，这将弥补中国外国文学界在外国诗歌翻译与研究方面的不足，特别是对部分"一带一路"沿线国家的经典诗歌开展填补空白式的翻译与原创性研究工作具有重大意义，同时对沿线诸多历史较短的新建国家的文学史书写将具有十分重要的价值。

该项目自启动以来，先后成立了编委会和秘书组，确定项目实施方案、编译专家遴选以及编选的诗歌经典目录，并被确定为北京大学一百二十周年校庆的重要出版项目之一，得到学校、校友及社会各界的大力支持，建立起以北京大学外国语学院为核心，汇集国内外相关领域知名专家学者、翻译家的翻译、编辑团队，形成了一个具有高度共识和研究能力的学术共同体。

在这个共同体中的每个人都是幸福的，与诗为伴，以理想会友，没有功利，只有情怀。没有人问过我们为什么要做，每个人只关心怎样可以做得更好。无论是一无所有之时还是期待拿到国家出版基金支持之日，我们的翻译团队从没有过犹豫和迟疑，仿佛有没有经费支持只是我一个人需要关心的事情，而他们是信任我的。面对他们，我没有退路，唯有比他们更加勇往直前。好在我一直是被上苍眷顾和佑护的人，只要不为一己之利，就总能无往不胜。序言中，赵振江教授说了很多感谢的话，都代表我的心声，在此不再重复。我想说的是，感谢你们所有人，让我此生此世遇见你们。如果可以，我还想在此感谢我的挚爱亲人，从没有机会把"谢谢"说出口，却是你们成就了今天的我。

　　希望通过我们台前幕后每一个人的努力，把"'一带一路'沿线国家经典诗歌文库"项目打造成沿线国家共同参与的地域性的文化精品工程，使"文库"成为让古老文明在当代世界文化中重新焕发光彩、发挥积极作用的纽带和桥梁。

　　人也许渺小，但诗与精神永恒。

宁　琦
写于二〇一八年"文库"付梓前夜，北京

图书在版编目（CIP）数据

吉尔吉斯斯坦诗选：上下两册 / 赵振江主编；阿地里·居玛吐尔地编译 .—北京：作家出版社，2019.8（2019.9 重印）

（"一带一路"沿线国家经典诗歌文库 . 第一辑）

ISBN 978-7-5212-0484-1

Ⅰ.①吉… Ⅱ.①赵… ②阿… Ⅲ.①诗集－吉尔吉斯－现代 Ⅳ.① I364.25

中国版本图书馆 CIP 数据核字（2019）第 067404 号

吉尔吉斯斯坦诗选（上下两册）

主　　编：赵振江
副主编：蒋朗朗　宁　琦　张　陵
编译者：阿地里·居玛吐尔地
选题策划：丹曾文化
责任编辑：懿　翎　方　焱
装帧设计：曹全弘
出版发行：作家出版社有限公司
社　　址：北京农展馆南里 10 号　　　邮　　编：100125
电话传真：86-10-65067186（发行中心及邮购部）
　　　　　86-10-65004079（总编室）
E-mail:zuojia @ zuojia.net.cn
http://www.zuojiachubanshe.com
印　　刷：北京通州皇家印刷厂
成品尺寸：160×240
字　　数：657 千
印　　张：29.25
版　　次：2019 年 8 月第 1 版
印　　次：2019 年 9 月第 2 次印刷
ISBN 978-7-5212-0484-1
定　　价：100.00 元